下

撒乌耳亡

SA WU ER WANG

辛酉 著

百花洲文艺出版社
BAIHUAZHOU LITERATURE AND ART PRESS

图书在版编目（CIP）数据

撒乌耳亡 / 辛酉著 . -- 南昌 : 百花洲文艺出版社，2018.12
ISBN 978-7-5500-3106-7

Ⅰ . ①撒… Ⅱ . ①辛… Ⅲ . ①推理小说－中国－当代 Ⅳ . ① I247.5

中国版本图书馆 CIP 数据核字（2018）第 260279 号

撒乌耳亡 SA WU ER WANG
辛 酉 著

出 版 人	姚雪雪
出 品 人	柯利明 吴 铭
特约监制	郑心心
特约策划	郑心心
责任编辑	童子乐 杨 振
特约编辑	郑心心
封面设计	辰星书装
出版发行	百花洲文艺出版社
社 址	南昌市红谷滩世贸路 898 号博能中心 I 期 A 座 20 楼 邮编 330038
经 销	全国新华书店
印 刷	三河市航远印刷有限公司
开 本	880mm × 1230mm 1/32
印 张	8
字 数	120 千字
版 次	2018 年 12 月第 1 版第 1 次印刷
书 号	ISBN 978-7-5500-3106-7
定 价	39.80 元

赣版权登字 05-2018-489

发行电话 0791-86895108 网址 http://www.bhzwy.com
图书若有印装错误，影响阅读，可向承印厂联系调换。

目 录

CONTENTS

CONTENTS 目录

撒乌耳亡

楔子

教友："因父，及子，及圣神之名。阿门。请神父祝福，我是一个罪人，愿在教会内悔改。"

我："愿主启发你的心，使你能诚心忏悔，请诚实告明。"

教友："我上次办告解是在半年前，最近我犯了天主十诫中的第三诫，没守瞻礼主日。因为和男朋友分手了，这段时间心情非常差，连续两个星期天在时间允许的前提下，没来教堂参加弥撒。另外，还有其他我自己省察不到的罪也求神父一并赦免。"

我："人的一生难免会遇到各种各样的问题，不能一遇到困难就忘记自己的本分，要坚信所有的痛苦都是天主化了装的祝福。罚你回去念五遍《天主经》。"

教友："好的。"

我："天上的慈父，因你圣子的死亡和复活，使世界与他和好，又恩赐圣神赦免罪过，愿他藉着教会的服务，宽恕你，赐予你平安。现在，我因父及子及圣神之名，赦免你的罪过。"

教友："阿门。"

我："天主已经宽恕了你，平安回去吧！"

教友："感谢天主！"

这位教友离开告解亭后，我又等了一分钟，在确定没有教友要办告解后才起身走出告解亭。

从 1978 年来到这里算起，我已经在大连堂区服务了近四十年，不知道听了多少次告解，只知道每次听完告解走出告解亭的那一刻，之前听到的所有告解内容都会自动忘记，这是一个神父应守的本分。

不过，也有例外。二十年前，有一位教友的告解内容令我永生难忘，我记得非常清楚，他第一次来教堂办告解是在 1997 年 7 月 13 日。

那天，就在我以为不会再有教友办告解，起身准备离开告解亭时，隔断对面响起了开门的声音，我不得不重新坐下来。

旋即，一个浑厚的年轻男性的声音从隔断对面传了过来。

第一章

第一次告解

Chapter 1

“因父，及子，及圣神之名。阿门。罪人求神父降福。”

我：“愿主启发你的心，使你能诚心忏悔，请诚实告明。”

“神父你好，这是我初次办告解。我是一名邮递员，一个偶然的机会，我偷看了别人的信。

那天下午四点，我像平时一样打开邮筒，把当天要寄出的信件取出来准备装包时，一封信掉在了地上。

我随手捡起，发现信封没有封口。这个寄信人真是粗心，我一边在心里这样想，一边往信封上随便扫了一眼。看到上面竟然盖了一个邮戳，这不太符合常理。邮局对于寄信的常规流程是，从邮筒取出信件后，由发出信件的邮政所盖一个邮戳，然后发走，收到信件的邮政所会在上面再盖一个邮戳，收信人收到信件时，信封上会有两个邮戳。

我又仔细看了一眼那个邮戳，确认是我所在的大同邮政所盖的，时间却是六年前的 1991 年 11 月 30 日。

很奇怪，这封信在六年前明显没能邮寄成功，但肯定从这个邮筒里被取出过，怎么又回到邮筒里了呢？而且它不可能整整在里面躺了六年的，我每天从邮筒里取信时，都是把里面的信全部取出后再上锁的。这封信有点不同寻常，我把它单独塞进了裤兜里。回到所里，我没有跟任何人提及这封奇怪的信。

晚上临睡前，我拿着那封信躺在床上，借助那个旧台灯发出的一点昏黄光亮，对着信封端详了许久。收信地址是上海的一处地址，收信人名叫林凯。寄信地址是大连市西岗区南昌街 62 号，南昌街我比较熟悉，是大同邮政所的管辖区域，我经常去那里投递信件。

当我的右手摸到那个没糊胶水的信封口时，忽然在心里产生了想要看一看这封信的念头。然而，我的职业不允许我这么做，我的道德不允许我这么做。可是，也不知怎么了，想要看信的念头逐渐变得不可抑制起来。经过一番激烈的思想斗争，冲动战胜了理智，最后我还是打开了信。”

小凯吾弟：

转眼又到了冬天，你的生日快到了，如果时间允许，还是希望你能回家来过生日。

上海那边冬天应该不会太冷吧，还记得你小时候吗？

一到冬天就嚷嚷着怕冷，哪都不愿意去，就喜欢窝在家里看书。呵呵。我上个礼拜结束了第一次化疗，身体几乎没什么反应，吃饭睡觉都没什么影响。就是从前天开始大把大把地掉头发，不知道再见你的时候会不会变成马蛋光。不过还好啦，大夫说再化一个疗就结束了，毕竟只是一个早期的肿瘤，不碍事的，故你千万不要担心我，知道吗？

今天给你写这封信的主要目的是，最近我经过反复琢磨发现了一件非常恐怖的事情，一件关于我和肖雨之间的事情。虽然她是你我的亲姐姐，但我还是更习惯叫她肖雨。她真的非常诡异，我越想越觉得可怕。她似乎早就知道我得了癌症，并且想尽一切办法不让我知道这件事。记得她回家认亲那天，她对家里所有人都很冷淡，唯独主动和我攀谈。

至今我还清楚地记得，肖雨第一次见我时的目光，就那样定定地打量了我有半分钟。她对我的身体情况和厂子里每年例行的体检时间好像格外留心。

大上个月，厂里统一体检那天早上，肖雨突然到家里来找我。让我陪她去一趟金县，途中还反复向我强调说厂里这种例行的体检不重要，查不查都无所谓。现在想想，她就是想让我错过体检，进而错过治疗癌症的最佳时间。

但是，我第二天还是去参加了补检，结束拍胸片发现肺部有个小阴影。肖雨看过我的胸片过后信誓旦旦地说，别担心，只是一个普通的小结节，不需要做进一步的检查。按理说她是医学院的博士生，看这种片子应该不会出错。可我心里总觉得不托底，还是听大夫的话做了穿刺活检，最终查出自己得了肺腺癌。

在我的病确诊之后，肖雨就像人间蒸发一样消失了。直到我做手术的前一天夜里，她如同鬼魅般突然出现在我的病房里，我一下子被惊醒了。只见她迈着虚浮的脚步走到我的床前，那张瘦削且惨白的脸在黑暗中显得格外瘆人。

肖雨对我说千万不能做手术，更不能做化疗。我彻底被激怒了，坐起来厉声质问她到底是何居心！之前大夫还一个劲儿地说我幸亏发现得早，做手术切掉就没事了。如果进展到了中晚期，就是死路一条了。肖雨刚想开口说什么，忽然双手捂住胸口，蹲到地上，脸上露出极为痛苦的表情，像是被下了咒一样。

我不想再听她解释什么，立即喊人来把她拖走了。肖雨的目的再明显不过了，她希望我死。三十一年前，咱爸咱妈把她送人，留下了我，他们二老的想法是让我俩这对双胞胎姐妹都能活着，但凡有一点办法，咱爸咱妈也绝对不会把自己的孩子送给别人的。

肖雨心里有恨，也是正常的，我都能理解。但我不能理解的是，非得让我死，她才能解恨吗？更令我纳闷儿的是，大夫曾多次说过，我的肺癌完全没有症状，如果不是体检，是根本不可能发现的。肖雨是怎么提前知道的呢？虽说她也算是大夫，但也不可能有未卜先知的本领吧？

为此，前几天我找人暗中去肖雨学习的医学院打听了一下，了解到一个惊人的消息，学校里根本没有叫肖雨的学生。联想起肖雨回来后的种种反常行为，我悚然一惊。莫非，她不是一个活着的人！

小凯，你记不记得肖雨当初说，她的养父母是在几年前的一场车祸中意外去世的。真实的情况会不会是肖雨也在那场车祸中死了，她的鬼魂对当年自己被送人的事不能释怀才回来报仇的！

这几天，我一直在琢磨这件事，却总也想不明白，脑子很乱，各种各样的想法层出不穷。从我手术后，肖雨就又消失了。不过说实话，我现在还真的有些害怕见到她。

八个多月前，肖雨到家里认亲时我喜极而泣，对比如今的心境，不得不感慨世事无常。随信附上一百块钱，出门在外千万别亏待自己。

祝一切都好，盼早日归来。

此致

敬礼！

姐姐林芳

1991年11月29日

“信封里只有三张信纸，未发现有信里所说的一百块钱。当然，这些都不重要，我好奇的是信里提到的那个肖雨到底是一个怎样的存在？只可惜我没有机会知道下文了。

对于这封旧信六年后重回邮筒，思前想后，我认为唯一合理的解释是寄信人要寄新的信件，却拿错了信，误把当年的一封旧信投进了邮筒里。至于信当年为什么没有寄出去，有多种可能，不太好推断具体原因。

可是，仅仅过了一天，我自己认为的合理解释就被推翻了。

还是下午四点，我打开邮筒取信，装包时又有一封信掉落在地上，又是一封没有封口的信。信封上的信息和昨天那封奇怪的信几乎一模一样，只是寄信地址和收信地址上下颠倒了一下位置，收信人换成了昨天那封信里的寄信人林芳。

和昨天那封信不同的是，这个信封上面有两个邮戳，一个时间是 1991 年 12 月 6 日，另一个时间是 1991 年 12 月 11 日。这是一封曾经邮寄成功的信，直觉告诉我，它是昨天那封信的回信，却又为什么也在六年后来到这个邮筒里呢？昨天那封信当年明明没有邮寄成功，那个叫林凯的收信人又是怎么收到的信呢？

我管不了那么多了，通过这封信也许能知道昨天那封信的下文，这是我所希望的。巨大的好奇心迫使我等不到晚上，在下班回家的公交车上就打开了信。”

姐：

你好，来信收到。看着那熟悉的娟秀小楷，捧着那沉甸甸的一百块钱。仿佛姐就在面前，甚是亲切。

知道姐手术后还不错，我一直悬着的心总算可以放一放了。关于肖雨的事，的确令人吃惊，没想到你们之间竟会有这么耸人听闻的事情发生。但我不太相信这世上有鬼，如果肖雨真是鬼的话，要一个人死想必会很容易吧。至于医学院查不到肖雨这个人，确实挺蹊跷的。也让我想起一件事。

姐，你也知道的，自从肖雨回来后，咱妈就让我腾出我那间屋给肖雨住。可是肖雨非要去学校宿舍住，一天也没有在家里住过。只是偶尔在礼拜天下午或者晚上过来待一会儿就走。咱妈一直为此暗自伤心。

有一个礼拜天晚上你在厂里抗洪不在家，家里只有我和咱妈。吃过晚饭后，肖雨来了。她像往常一样，坐下来和咱妈不咸不淡地说了一会儿话就要走。

这时，外面下起了瓢泼大雨，咱妈的喜悦之情溢于言表。我明白，她老人家心里想的是外面的雨下得这么大，终于可以有一个坚持让肖雨留下来住的充足理由了。可是，咱妈最后还是失望了。肖雨非走不可，咱妈无奈之下，只好让我去送她回宿舍。肖雨坚决不让我送，我本来也不愿送她，索性脱下了刚刚换到身上的雨衣。结果咱妈瞪了我一眼，我又赶紧把雨衣穿上了身。

从我和她一起出门下楼到环路车站这几步路，肖雨又反复推让了几次让我回去，我不敢违抗咱妈的命令始终不应允。就这样，我们二人来到空无一人的环路车站。此时雨势已经相当大了，地上一片迷蒙。

我和肖雨相对无言，就那么默默地站着等车，只能听到身边雨水连续击打地面的声响。咱妈总让我叫肖雨大姐，可我真的叫不出来。肖雨给人的感觉怪怪的，脸上从无一丝血色和表情，像个病殃子。说她是不苟言笑吧也不是，说她是拒人千里之外吧也不全是，总之我也说不上来那种感觉，反正让人很难亲近。

这时，环路车来了。我连忙招呼肖雨上车，一转头却发现她不见了。四下张望，不见人影。这么短的时间，她不可能走远的。况且我穿雨衣，她是撑雨伞的，走也走不快。我很纳闷儿，也不敢告诉咱妈我没送成肖雨，只好一个人在雨中转悠了一会儿才回家。

虽然我和肖雨接触的时间并不长，但仔细想想，她这个人确实有诸多不寻常的地方。她如果是回来寻找亲情的，为什么和我们那么疏远呢？记得她第一次到家里来，咱妈和你拉着她抱头痛哭，她像个木头人似的，脸上没有一点波澜。我当时还在心里想，真够冷血的。她虽然和你长得一模一样，但个性上和你没有一点相似之处。还有，她总是神出鬼没的，神龙见首不见尾。看来在她身上有很多事情是我们不知道的。

不过，姐你也不必多想这些，当务之急是保重身体，下次写信千万别寄钱过来了，我在这边一切都好。做的工作每天赚的钱远远超出常人的想象。我暂时保密，到时一定给你和咱妈一个大大的惊喜。

算起来离家才半年多，对家的思念却与日俱增。期盼我们一家团圆的日子。

此致

敬礼！

林凯

1991年12月5日

“肖雨身上的问号又多了一些，她真是一个神秘的女人。更大的问号是为什么这两封信连续两天在装包时掉落出来？难道是天意吗？

但不管怎么说，偷看别人的信件是不对的。另外，如果我还有其他告明不全的罪也求神父全赦。”

我：“在生活中，我们不仅要学会依靠天主，还要学会尊重别人，尊重自己的职业。要分清楚什么事是可以做的，什么事是不能做的。罚你回去念十遍《悔罪经》。”

“好的，谢谢神父。”

我：“天上的慈父，因你圣子的死亡和复活，使世界与他和好，又恩赐圣神赦免罪过，愿他藉着教会的服务，宽恕你，赐予你平安。现在，我因父及子及圣神之名，赦免你的罪过。”

“阿门。”

我：“天主已经宽恕了你，平安回去吧！”

“感谢天主！”

不得不说，这位教友的告解内容很吸引人，算是我从1984年晋铎神父以来听过的最特别的一个告解。但不管怎样，对于一个天主教神父来说，听告解的最终目的是赦罪补赎，告解的具体内容只是浮云，要随风而去，是没有必要加以探究的。

两周后的主日，这位教友又来办告解了。

第二章

第二次告解

Chapter 2

“因父，及子，及圣神之名。阿门。罪人求神父降福。”

我：“愿主启发你的心，使你能诚心忏悔，请诚实告明。”

“神父你好，我上次办告解是在两个礼拜前。我是一名邮递员，我又偷看了别人的信。

上次天主赦罪后，我本以为自己已经悔改了。不承想，一个意外，让我又故态复萌了。上个礼拜五下午四点，我在邮筒里取信时，意外发现了一封挂号信，挂号信正常需要在邮局柜台交寄，按理说是不应该出现在邮筒里的。

可我当时却一点也没有觉得奇怪，因为信封上的信息显示，是一封六年前邮寄成功的旧信。寄信人是林凯，收信人是林芳，南昌街 62 号这几个字再一次出现，信封口还是没有封，就像是故意让人看一样。好像有某种神秘的力量有意让我看这些信，也可能是我为自己的好奇心找的借口，总之最后我还是打开了信。”

姐：

我刚刚意外收到肖雨的来信，真的是一个天大的意外，没想到她会给我写信。然而，更令我意外的是信里的内容。信里的第一句话就把我震撼到了。我选择相信肖雨，尽管她信里的一些话我并没有完全看懂，也许这是亲情的力量吧。

姐，我把肖雨的信一并寄给你，你看完之后就能明白，其实她信里的第一句话我信与不信，都将会在半年内失去自己的姐姐。

姐，我决定下个礼拜就回大连了。不得不说肖雨的这封信对我的触动挺大的，当然了，也有其他的因素促使我做出这个决定。这几天我想了很多。感觉在上海的这半年就像一场梦一样，梦里很美，醒来后才发现原来是一个噩梦。

姐，你知道股票吗？介绍我来上海的张超就是靠炒股票发了大财。这半年来我也在炒这个东西，其实我说不清楚它到底是个什么东西。唯一的一点概念就是上学时，政治老师说它过去是资本家剥削劳动人民用的。国家现在对股票也放开了，老百姓也可以炒。

起初我也觉得这个东西其实就是投机倒把，不想掺和。可禁不住张超的一再劝说，就拿了几百块钱先试了试。想不到还真挣钱了，从此便一发不可收拾，一点一点的，我把带去的四千块钱全都投到股票里，最多的时候我股票里的总钱数约有一万块钱。那时候我想，真想不到，这么快我也成万元户了，这比上班挣钱容易多了，也快多了。

你要做手术的时候，我本想把钱都取出来的，现在想想那时候取出来就好了。还是自己太贪心了，最终落得一败涂地的下场，把咱妈这些年省吃俭用攒的三千块钱也都赔进去了。我真是糊涂啊！还是踏踏实实上班挣死工资是咱老百姓的本分。

姐，这些话我也只能和你说，你现在身体不好，我也就不多说了，等我回去咱俩再细唠吧。另外，肖雨的信你一定要好好看一看。

此致

敬礼！

林凯

1991年12月16日

“我没有发现信里说的肖雨写给林凯的那封信，这让我心痒得不行。谜团越来越大了，我似乎被某种神秘的力量控制了，每天在取信的时候，尽管没再有信件掉落，但我却有意无意地在其中寻找未封口的信件，以期能了解之前那三封信的下文。

从这个礼拜二开始，接连三天，我都在邮筒里找到了未封口的旧信。在内容上，这三封旧信和之前那三封没有关联，年代也要更远一些。要说有联系，一个是都与林芳有关，另一个是南昌街62号这个地址又一次出现在信封上。”

工友林芳：

坐在方桌前铺开信纸，回忆像决堤的洪水，和你的一幕幕往事自动在眼前浮现。本以为自己的文字会洋洋洒洒、一泻千里，淋漓尽致地表达对你的思念，可拿着笔的手始终不能落纸，不知该从哪里开始写起。

首先我要诚恳地向你道歉，来军校两个月了才第一次提笔给你写信，主要原因是前段时间我们新生一直在部队军训，无法告知你准确的通信地址，望你务必原谅，现在你可以按照信封上的地址给我回信了。

我们生长在伟大的毛主席时代，1978年一起进厂，共同进步，在工作中结下了无比深厚的革命友谊，这种友谊是任何友谊都无法比拟的。它像天上绚丽的彩虹，不会随着时间的流逝，褪去那美丽的颜色。它像昆明的天气一样，只会热情洋溢，从来没有寒冷侵袭。

现在，你在工厂为社会主义建设添砖加瓦，我在军校学习最先进的军事知识，以待将来为国家的国防建设做贡献。你我虽然暂时分离，但终将会相聚在一起，伟大的马列主义、毛泽东思想指引着我们前进的道路，我们一定会走向光明，排除万难，迎来美好的明天。

期盼你的回信。

此致

革命敬礼！

工友朱永平

1981 年 11 月 5 日 夜

工友朱永平：

你好，刚刚欣喜地读完你的来信，就忍不住拿起笔来写回信。

那天临别时，我心里难过至极，那是一种锥心之痛。却又不得不故作坚强，和你淡然作别。

火车开启的那一刻，我就发现思念的种子早已悄然种下。等待你来信的这段日子，犹如漫长的一个世纪。今天当我终于在那个从遥远的南国寄来的信封上，看到你苍劲有力的笔迹时，激动得仿佛可以听到自己的心跳声。

轻轻地拆开信封，看到一个被故意折成奇怪形状的信纸。我一眼就辨认出你叠的是一个“安”字。

当年，在车间水房，咱俩第一次见面时你对我说过：“我叫朱永平，也是下料班的，如果你记不住我的名字，就记住一句话：‘祝你永远平安’。”带着喜悦的心情将一行行似有你体温的文字尽收眼底，我觉得自己是世界上最幸福的人。

不过，我还是要批评你，你处情况介绍得太不详尽了。尤其是你的老胃病，在部队军训时一定很艰苦吧？有没有按时吃饭？这是我最担心的。

记得刚进厂时，第一次轮到我给大家伙儿燖午饭，因为在家没有做过米饭，缺乏经验，水添少了，把你带去的大米做夹生了。害得你吃完后下午胃就疼得死去活来的，为了不让我知道是我的失误，你还骗厂卫生所的大夫说是你自己喝凉水喝的，每次想起这件事我就心疼得要命。

现把近来我处情况向你介绍一下，首先要告诉你一个天大的好消息，我爸平反了。大上个礼拜一一大早，厂党委刘书记把我叫到他办公室，向我传达了上面的指示。

晚上刘书记又和张副厂长一起到我家里来把一份书面的平反证明亲自交到我妈手里，我妈手捧着那份平反证明和我爸抱头痛哭，我和弟弟也哭了。

写到这里，我的泪水又忍不住流了下来，太不容易了，盼了这么多年，终于盼到这一天了。想想我爸真是可怜，在厂里干了这么多年还是一个二级工，每次长级都没有他，一来运动了总少不了他，受尽了歧视和屈辱，还不到五十岁就得了大面积脑梗塞导致半身不遂，丧失了劳动能力。当年，要不是我妈到厂里据理力争，我是接不成这个班的，也就没机会和你相识了。

最近几年，我爸的智力逐渐下降，到如今几乎不认人了。他已经意识不到面前的那份平反证明正是他多年来梦寐以求的，只是看到我妈哭才跟着一起哭，这是多么可悲的一件事啊！

尽管我爸已经基本失去了正常人的意识，但几乎每天晚上都会“抗争”。一到夜里，他好像都会从噩梦中惊醒，躺在炕上用唯一还好用的左手用力拍打自己的胸膛，在烦躁不安地不断扭动自己身体的同时，早就失语的嘴里还会发出呜呜的声音，给人一种如鲠在喉的感觉，显得痛苦不堪。

每到这时，我妈都会俯身把头埋到我爸胸膛上，双手抱住我爸的头，然后告诉他：“没事了，没事了，都抹掉了，都抹掉了。”只有这样，我爸才会慢慢平静下来。

我爸的胸膛是一个秘密，不管在家里还是在家外，不管夏天多炎热，他从不光膀子，也从不在外面的澡堂子洗澡。小时候，我只是在一个偶然的机会，亲眼看过他前胸一次，我看到了一团类似被沸水烫过之后的烂肉。

没等我开口问他是怎么回事，就已经被他那凶狠的眼神吓到了。印象中，那是我爸唯一一次那样瞪我。我妈也从来不提我爸胸膛的事，弟弟小时候问过一次还被我妈打了一顿。

每次我爸被批斗的时候，他们都说他以前当过叛徒，我一直在心里猜想，我爸的胸膛会不会被敌人的烙铁烫过呢？当然了，没有人能告诉我准确答案。

算了，不说这些不高兴的事了，我再告诉你一个好消息吧。我要调到厂办了，前天下班前，高工段长到班组里当众宣布的，也算是厂里对我爸和我们全家的一种补偿吧。我下礼拜二就要去厂办正式报到了，还真有点舍不得咱们下料班，这里有我和你在一起经历过的点点滴滴。

多少个彩云飞舞的清晨，我们望着灿烂的朝阳，一起放声歌唱《东方红》。多少个狂风急雨的夜晚，我们加班加点挥汗如雨，尽情挥洒着青春和对祖国的热爱。多少个捷报飞传的日子里，我们怀着胜利的喜悦，一遍又一遍地歌唱大海航行靠舵手，干革命靠毛泽东思想。现在想起这些，我依然激情满怀。

你说的没错，离别是暂时的，不要悲伤，终有一天我们会团聚，永远不再分开。让我们终生沿着毛主席指引的航向前进，为实现人类解放而奋斗终身吧！

此致

革命敬礼！

工友林芳

1981年11月14日

工友林芳：

惊悉叔叔去世的消息，我感到无比震惊与悲痛。记得春节期间我去你家拜年时，叔叔看起来还一切正常，想不到他老人家会走得这么突然。只叹世事无常，也恨我自己远隔万里之外，在你最需要人安慰的时候，不能陪在你身边，替你分担悲伤。

过去，我们曾无数次高喊：“忠心祝福我们的伟大领袖毛主席万寿无疆！”可是人怎么可能万寿无疆呢？即使是毛主席这样的伟人，也一样会离开我们，这是我们必须要经历的过程。林芳同志，请你务必节哀，保重身体，你妈妈和你弟弟还需要你的照顾。

另外，我已发电报给我大哥，让他代我去你家探望，想必他已经去过了吧。还是像我们先前说好的那样，有需要帮忙的地方你千万不必客气，一定和我大哥直说。你要记得，他是在替我分担应尽的责任。

此时此刻，我很后悔上次咱俩分别时我没有抱你。下次我们再见时，我保证不论我身上穿没穿军装，周围有没有人看着，我都要给你一个紧紧的拥抱！

此致

敬礼！

工友朱永平

1983 年 5 月 9 日 夜

“毫无疑问，这是三封情信，隔着信纸我都能感受到林芳和朱永平之间那深厚且纯真的感情。现在的问题是，为什么让我看到这些信呢？”

我：“首先要搞清楚，你到这里面来是干什么的，你是来告解，来赎罪的。”

“对不起神父，感谢您的提醒。”

我：“仁慈的天主不会舍弃我们任何一个人，不论你是不是一再犯罪，要相信主与你同在，要将自己的喜乐建立在正确的基础之上，不要陷于诱惑。这次罚你回去念十遍《悔罪经》、十遍《天主经》。”

“好的，谢谢神父。”

我：“天上的慈父，因你圣子的死亡和复活，使世界与他和好，又恩赐圣神赦免罪过，愿他藉着教会的服务，宽恕你，赐予你平安。现在，我因父及子及圣神之名，赦免你的罪过。”

“阿门。”

我：“天主已经宽恕了你，平安回去吧！”

“感谢天主！”

这位教友似乎有些走火入魔了，以我的经验来看，像他这种情况，办一两次告解很难达到悔改的目的，很快他还会再来办告解。果不其然，两周后，他又来办告解了。

第三章

第三次告解

Chapter 3

"因父，及子，及圣神之名。阿门。罪人求神父降福。"

我："愿主启发你的心，使你能诚心忏悔，请诚实告明。"

"神父你好，我上次办告解是在两个礼拜前。我是一名邮递员，我还是没改掉偷看别人信件的毛病，我觉得在从邮筒里取信的时候，我的双手已经不属于我的了，它们会自动寻找没有封口的信件，这真是一件可怕的事情。上个礼拜四，它们又找到了一封没封口的信，仍然是一封旧信。"

沈茹：

连续看了三遍你寄来的那封情书，我大概能猜出这个给你写情书的人是谁了。先不告诉你他的名字，教你一个办法让他自动现身。还记得上学期有一天中午，你午饭带了红焖羊肉，全班男生集体哄抢羊肉的场景吗？你找一个周五还带红焖羊肉，估计班里只有一个男生不过去吃你的羊肉，这个男生就是写情书的人。

至于为什么？等我回去再告诉你。知道这个人是谁后你还是装作不知道为好，他在情书里故意用小学生字体恐怕是不希望你知道他是谁。

我这边一切还凑合吧，前天刚拆的石膏，想要下地行走只能依靠拐杖。一点点来吧，争取七一前回大连。上海这边天热得早，天天在床上躺着，无聊得很，只好用看书来消磨时间。前几天偶然得到一本爱情小说，名叫《再生缘》，一个叫岑凯伦的香港作家写的。我觉得她比琼瑶写得好，琼瑶书里的爱情虽然凄美动人，但比较传统，大多是民国时期发生的，让人有距离感。

岑凯伦的就不一样，现代气息很浓，就像发生在自己身边的事一样。只不过书是繁体字的，还是竖排的，看的时候有些别扭，等我带回去给你看。

还有啊，不要再给我寄笔记了，很多地方根本看不懂，我也看不进去，寄了也白寄。我的成绩你是知道的，我妈妈的意见是让我 9 月份开学时重上一遍高一，我自己最近脑子有些乱，还没想好该怎么办。下学期就要按文理科分班了，即使我勉强留在高二，我们也不在一个班，你肯定是理科班的，我肯定是文科班的。唉！真烦，不说这些了，休学这几个月真耽误事。

对了，你上次信里说的那个治四环素牙的偏方，我试过了，完全不好用，还搞得嘴里总有一股土豆味。我要去做康复了，今天就写到这里吧。

此致

敬礼！

杜娉婷

1985年4月7日

“这是一封两个高中女生之间的信件，而且也是一封早已经邮寄成功的信。读完之后，隐隐约约间我意识到一个问题，这些天看过的这些信好像有一个特点，都有一个悬念吸引着我想要知道下文。像林芳、林凯姐弟之间的信里神秘的肖雨，林芳和朱永平之间的信里林芳父亲胸膛的秘密，还有这封信里，那个叫杜娉婷的女生为什么那么肯定，用红焖羊肉就能找到写情书的男生。

不过，这封信也有一个特别之处，先前那些信都和林芳有关系，这封和林芳完全没有一点关系。至少南昌街62号这个地址没有在这封信的信封上出现，这段时间投递信件的时候，每次路过南昌街都有一种说不清的异样感觉。

与林芳、林凯姐弟之间的信类似，这封信也是在上海和大连之间传递，这算是联系吗？我觉得有些牵强。

很快，这封信和先前那些信的联系就被我找到了。因为第二天，我就找到了当年沈茹写给杜娉婷的回信。”

娉婷：

你好，先和你说件有意思的事吧，咱班宋卫强“宋科长”的外号最近在全校都叫响了。星期二下午放学后，校门口小卖部老板像平时一样，手里拿着汽水和瓶起子问路过的学生喝不喝汽水？回答喝，他就给打开递过去。正巧宋卫强经过，老板问他：“喝不喝汽水？”

宋卫强回答：“喝……”

老板直接起开了汽水递给宋卫强。

宋卫强连忙摆手拒绝：“……喝……喝不起。”

老板立即就火了：“你小子逗我玩儿呢？”

宋卫强说：“对……对……对不起，我说话……就……就……就这样。”

老板不信，和宋卫强起了争执，最后宋卫强挨了老板一巴掌才算完事。宋卫强回家后越想越气，找了根木棍拿在手上回去找老板算账。巧的是那天正好有十几个社会小青年在校门口打群架，等警察赶到的时候都跑散了。

警察只看到一脸怒气的宋卫强气势汹汹地拿着木棍来到校门口，一副要找人打架的气势，直接就把宋卫强给带走了。呵呵，娉婷你说逗不逗？

自从收到你上封信后，我心情一直很沉重。我可以感觉到你低落的情绪，也能理解你的心情。对不起，都是我不好，笔记做得不够详尽。从我个人角度来讲，非常不希望你重读一年高一。即便高二分班后我们不在一个班了，我们还在一届，以后可以一起考大学，说不定我们还能一起上同一所大学。我觉得，你只是落了一学期的课，凭你的聪明，一定可以跟上的。

娉婷，你看这样好不好，暑假的时候你肯定就回来了，我来帮你补课。我们天天补的话，一个暑期够用了，你肯定没问题的。

差点忘了向你汇报重要的事情，前天中午，我按你说的，午饭带的红焖羊肉。打开饭盒儿飘出肉香后，像上次一样，班里的男生果然都凑了过来，我注意观察了一下，还真有一个男生没过来，是林凯。

真的会是他吗？很好奇你这个方法的依据和准确性，是因为你们两家相距不远你知道他的一些习惯吗？难道林凯不吃羊肉？不对呀，上次他也吃了呀。再就是这些和写情书又有什么关系呢？反正我是想不到了，你快点回来告诉我吧。

从前天午饭后，我和林凯没再说过一句话。很奇怪，面对他的时候我感觉特别不自在，我开始有意无意地躲着他了。娉婷你说我该怎样做才能装作若无其事呢？

算起来，过年之后我们就再未见过面，真的很想你。老话说得好，伤筋动骨一百天，你离胜利已经不远了娉婷。我坚信，再见你时，你依然是以前那个热情活泼、朝气蓬勃的女孩儿。记住，我们可是八十年代的新一辈呀！加油！

望归为盼

沈茹

1985 年 4 月 21 日

“没错，我看到了林凯的名字出现在信里，他和沈茹、杜娉婷是同班同学。而且按照杜娉婷之前在信里的说法，林凯就是给沈茹写情书的人。

这段时间看到的这些信虽然来自不同时期，但却存在着内在的联系，它们都和林芳、林凯姐弟有关。还是先前的那个疑问，为什么要让我看到它们呢？

对不起神父，我又忘了来这里的目的，我自己也很苦恼，我该怎么办？”

随后，我按照惯例为这位处于困惑之中的教友做了劝勉和赦罪。在规定补赎办法的时候，我本打算罚他打扫教堂，想借机对他进行面对面的劝导，后又觉得不妥，也不合规范，他选择在告解亭这种非面对面的地方办告解，也许就是不想面对神父，遂只好又罚他回去念经。

我料定罚他念经很难奏效，他还会再来告解亭办告解的，并且以他的习惯，时间应该是在两周后。

第四章

保禄神父的日记

Chapter 4

岂料，两周后的主日却出现了意外情况。当天早上七点半，就在我马上要走进告解亭时，亚西修女从外面急匆匆地跑进教堂，告诉我教友多默在来教堂参加弥撒的途中遇到车祸，已生命垂危，需要我马上赶到医院为其做临终傅油。

我立即和亚西修女驱车往医院赶。一路上我心急如焚，多默是我非常重要的一位教友。

1978 年我 28 岁，还只是一名修士。该年 8 月，我来到当时还叫旅大堂区的大连堂区服务。那时“文革”刚过不久，教会还没有正式恢复，每天来教堂祈祷的教友并不多。在教堂附近，住着一位男性精神病患者，那阵子经常跑到教堂里捣乱，给堂区的正常秩序造成了恶劣的影响。

一天上午，我在教堂里打扫卫生，突然从外面跑进来一个十岁左右的小男孩儿，他边跑边用哭腔喊救命，那个精神病患者手拿菜刀跟在小男孩儿身后跑进教堂，边追边不时挥舞菜刀要砍那个小男孩儿。

当时教堂里只有我一个人，小男孩儿看见我仿佛看见了救命稻草，直冲我这边跑来。

我对精神病患者大喝一声：“住手！”却根本没用，精神病患者像没听见一样，继续追着小男孩儿砍。

我见状只好主动迎前几步，拉上小男孩儿的手一起跑。

现实情况也只能如此，精神病患者目测身高一米八五以上，生得虎背熊腰，动起手来我根本不是对手。同时他的体力也相当好，我拉着小男孩儿和他围着祭台转了不知多少圈，腿上渐渐没劲儿了，他却还和刚开始一样动力十足。

我寻思总这样转不是办法，跑着跑着冷不防改变了方向，和小男孩儿一起跑出了教堂，直奔不远处的副堂而去。刚进副堂我转身正欲把门反锁，不想精神病患者已近在咫尺。

来不及了，我只得和小男孩儿往楼上跑。在二楼缓步台的墙上挂着一幅巨大的圣母像，我跑经此处时停了下来，同时喊小男孩儿也停住脚步。

在圣母像上，圣母玛利亚脚底踩着一条蛇。我用右脚对准蛇头的位置快速踢了两下，顷刻间，圣母像像门一样打开了，露出一个逼仄的小夹层，我和小男孩儿迅速躲进夹层里。

刚关好门，我们就听到精神病患者呼啸而过的声音。夹层里的空间特别狭小，只能容纳一个成年人，所幸小男孩儿身形小，我们两个人紧紧地贴在一起勉强能关上门。

不过，我们俩这样挤在一起非常难受，加上跑了那么久还不敢大声喘气，连呼吸都有些困难。最要命的是里面太热太闷了，能感觉到小男孩儿身上都被汗水浸透了。我的情况相对好一些，主要是心静，准确地说心里更多的是感谢，感谢天主的临在。

说来这真是一件神奇的事情，我刚来堂区不久，很多地方都不熟悉，之前根本不知道有这个夹层的存在。刚才在情急之下打开这个夹层，纯粹是无意识的行为。不，应该说是天主借助我的脚打开夹层，用来护佑我们。也要感谢圣母的恩典，让我亲眼见证了这个奥迹。

记得第一次来这里的时候，我还暗自奇怪，圣母像怎么会挂在这里呢？我以前也去过不少教堂，从没见过在楼梯缓步台这种偏僻的地方挂圣母像的，现在我明白了。

过了一会儿，外面终于没动静了。小男孩儿也实在是坚持不住了，嚷嚷着要出去。我推开了夹层的门，门开启的一瞬间，小男孩儿倏地钻了出去。我身旁顿觉轻松不少，有新鲜空气进来连呼吸也觉得是一件幸福的事情，也不感觉热了。

这时我注意到脚底下踩到了什么东西，我挪了挪脚借助刚刚透进来的光亮，看到一个笔记本静静地躺在地上。

我弯下腰将笔记本拾起捧在手上，笔记本的大小和我的手差不多。我使劲儿吹了吹封皮上的灰尘，使之露出暗红的颜色，正中间从右至左有三个繁体字：筆記本。

翻开第一页终于在泛黄的纸上看到两行手写的文字。第一行是四个字：灵修日记。第二行也是四个字：保禄神父。

原来是保禄神父的日记，这位保禄神父我略知一二，他是以前旅大堂区的本堂神父，在堂区服务多年，于“文化大革命”期间去世。

这时，从我的两个手掌心传来了阵阵钻心的疼痛，我从小就有这个毛病，不知道什么时候就会发作，一直未找到原因。

刚才的注意力一直在保禄神父的日记本上，剧烈的疼痛让我不得不停下思路。这才发现，那个小男孩儿一直静静地站在一旁看着我。

我轻轻关上夹层的门，然后指着圣母像严肃地对小男孩儿说道：“这是个秘密，不许对任何人说。”

“嗯。”小男孩儿扑闪着两只大眼睛，一脸懵懂地点了点头。

后来，那个精神病患者被带走了，我们彻底安全了。

当我领着小男孩儿走出副堂时，看到一群人在教堂门口七嘴八舌地议论着什么。小男孩儿急忙甩开了我的手朝那群人跑去，最后在一个中年妇女面前停下，嘴上喊了声“妈妈”。

中年妇女欣喜地俯身抱住自己的儿子，脸上露出如释重负的神情，看来她刚才也一直在找自己的儿子。我认得这位中年妇女，她的圣名叫凯瑟琳，几乎每天都来教堂祈祷，是一位非常虔诚的教友。

当天晚上，我手捧着保禄神父的日记本在卧室里来回踱步，不知该如何是好。我想认真看一下这本日记，又觉得好像不妥，始终犹豫不决。

最后我终于领悟到，伟大的天主用奥迹的方式让我发现这本日记，也许是有特殊的任务交给我，我不能违背天主的旨意，一定要好好看看这本日记。

事实印证了我之前的理解是正确的，天主交给我的任务写在了最后一篇日记里：

1967 年 3 月 7 日

不觉间，已在此灵修二十载。藉着主的教悔和恩宠为主内的兄弟姊妹传福音、修爱德，感谢主的拣选和兄弟姊妹的信任，我们大家在一起度过了无数个喜乐和欢愉的日子。无奈当下外世乾坤颠倒、恶魔当道，令主内教务礼仪惨遭废弛，新的教难已近在眼前。

我愿与主同在，为主殉道。只憾还有诸多事业未竟，尤其是那五位心结甚深的教友，不能为他们做定期的牧灵辅导了。我把他们的情况记录在此，待主的光芒重新照耀中国大地时，后继司铎能继续为他们五位服务。

1. 斐理伯，参加过抗日战争，在一次战斗中误杀了战友，这个心结一直困扰着他的正常生活。

2. 伯多禄，有严重的同性恋倾向，时常为此苦恼不已。

3. 玛利亚，因为抛弃过自己的孩子，始终无法原谅自己。

4. 多默，在日本战败后，强奸过一位女日侨，多年来一直在心里自责。

5. 默西亚，总幻想自己是主耶稣，觉得自己可以拯救所有人，一旦发现不能如愿，就会把事情妄想成自己希望的局面。

看完最后一篇日记，一种使命感油然而生，我当即立誓一定要找到那五位教友，继续保禄神父未竟的事业。遗憾的是，这么多年过去了，我只找到了后两位教友，而且真正建立联系，能定期做牧灵辅导的只有多默一位。

当我和亚西修女在医院门口看到焦急等待的多默儿子时，我知道多默的时间已经不多了，自己必须抓紧时间。在多默儿子的引领下，我和亚西修女跑步来到多默所在的抢救室。

此时的多默已经处于弥留之际，双眼紧闭，意识全无，几位女性家属在一旁垂泣。我疾步向这位白发苍苍的老人走近，脑海里快速闪回这些年来和这位老朋友在一起的一幕幕过往。

今天过后，我将再也没机会为多默做牧灵辅导了，我有些不舍，但更应该为他感到高兴。很快，他将升入天堂和天主相聚，再也不用承受良心的谴责了，天主早就原谅了他早年的过失，不然不会在他参加弥撒的途中召叫他了。

时间的紧迫不允许我想太多，我必须马上为多默施傅油礼。在房间里洒完圣水后，我俯身在多默头上覆手，然后用右手拇指蘸着圣油在多默的额头上画十字圣号。

我：“借此神圣的傅油礼，并赖天主的无限仁慈，愿天主以圣神的恩宠助佑你。”

一般在这时受礼者应该说一声“阿门”来回应，可是眼前的多默却是牙关紧闭。

我随后在多默的两个手心上用圣油画十字圣号。

我：“赦免你的罪过，拯救你，并减轻你的痛苦。”

多默依然没有回应。

我：“我们的天父，愿你的名受显扬；愿你的国来临；愿你的旨意奉行在人间，如同在天上。求你今天赏给我们日用的食粮；求你宽恕我们的罪过，如同我们宽恕别人一样；不要让我们陷于诱惑，但求我们免于凶恶。阿门。”

几乎在我念完《天主经》的同时，不远处摆放的心电监测仪上一条直线渐渐呈现了出来，多默安息主怀了。

回到教堂已是中午，弥撒早已结束。我面朝十字架伫立在祭台前发呆，心里面空空荡荡的。

过了许久，我转过身来无意中瞥了一眼台下最后一排座椅后面的告解亭。这才想起按照之前的规律，那位教友应该今天来办告解，不知道今天临时替我当值听告解的刘神父会怎样劝导他。

想到今天没能为那位教友服务，我心里稍稍泛起了一丝遗憾。

晚上临睡前，我打开了保禄神父留下的那个日记本，翻到最后一篇日记，在多默的名字上画了一个十字架。

快二十年了，我只完成了五分之一的任务，前三位教友不知所踪，最后一位教友默西亚尽管找到了，却始终与我保持距离。是时机未到，还是我修的爱德不够？每每想到这些，都让我觉得对不起天主，对不起保禄神父。

可不管怎么样，我都不会气馁，我要穷尽自己的一生来完成保禄神父留下的任务。

按照堂区的分工，每个主日弥撒前的告解，我和刘神父轮流听，一周一换班。今天由于临时去为多默教友做临终傅油，下周主日的告解我将还刘神父一个班。七天后，我本以为不会遇到那位教友了，没想到他却来了。

第五章

第四次告解

Chapter 5

“因父，及子，及圣神之名。阿门。罪人求神父降福。”

在这个已经算很熟悉的声音响起时，有两种不同的感觉一齐涌上心头，有惊喜，但更多的是疑惑。不过，我此时不能有杂念，必须按流程继续往下进行。

我：“愿主启发你的心，使你能诚心忏悔，请诚实告明。”

“神父你好，我上次办告解是在三个礼拜前。我是一名邮递员，偷看别人信件好像已经成为我的习惯了。

上次办完告解后，我按照神父的要求读了二十遍《天主经》、二十遍《悔罪经》，不但没有任何起色反而比原先更严重了。我现在去邮筒取信时，不会有一丁点儿犹豫，直接在其中寻找没有封口的旧信，偷看完别人信件后也不像原来那样负罪感那么强烈了。

上个礼拜一和礼拜三，我又找到了两封没封口的旧信，这两封都是和林芳有关的信。”

工友林芳：

上个星期天，我和几个同学一起游览了天下第一奇观石林，真的太美了，简直就是一片石的海洋。一座座石峰像一根根擎天柱似的，有的石峰巍然高耸，有的嵯峨嶙峋，有的摇摇欲坠，令人目荡神摇。湖水静静地躺在青山怀抱之中，涟漪粼粼，湖面的小岛郁郁葱葱，一片鸟语花香，让人流连忘返。要是和我一起来的是你就好了，电影《阿诗玛》就是在这里拍的，居住在这里的彝族老乡勤劳坚强、热情好客、能歌善舞。

可是就在上个月，几个彝族老乡在中越边境采集草药时，被万恶的越南侵略者残忍杀害。林芳同志，写到这里我不想再绕弯子了，经过慎重考虑，我决定7月份毕业后，不按原先的分配计划去旅大警备区报到了。

我已经正式向上级提出书面申请，去老山前线部队锻炼一年。今天下午，学校赵政委专门找我谈话，告诉我组织上已经同意了我的申请。我知道你听到这个消息肯定会有些失望，但我相信你一定会理解并支持我的决定。

一年的时间并不长，一年后我依然可以按照原计划去旅大警备区，到那时我们永远不会再分开了。

林芳同志，望你好好保重，好好照顾自己，等着我胜利回来。

此致

敬礼！

工友朱永平

1985年4月12日夜

工友朱永平：

时间的流逝从不会把发生在我们之间的一切，陈封在记忆的角落里。每当夜深人静的时候，那些往事就会准时敲开我记忆的闸门。那一幕一幕难忘的瞬间像天空中的星星在眼前闪烁，像黑夜中燃起的烛光照耀着我的心田。

这些年来你寄来的58封信我看了一遍又一遍，你大哥转交来的我给你寄去的61封信我也看了一遍又一遍。看着一行行被思念和爱意凝聚的文字，一段段温暖贴心的话语，温热的泪水一次次从我脸颊流过。

我们今生真的再也不能相见了吗？我时常这样问自己。哪怕你像徐良（**注释：**男，1961年出生，中国人民解放军一级战斗英雄。1985年毕业于西安音乐学院，同年参军。1986年5月2日晚，在云南老山前线战斗中三枪击毙一敌，击伤一敌，而他本人因为受伤失血过多，导致左下肢缺血坏死，被迫截肢。1987年参加中央电视台春节联欢晚会，坐在轮椅上演唱《血染的风采》。）那样成为残疾人，或者像我爸那样也好啊！起码我还可以再见到你，照顾你，和你相守一生。

我师傅又张罗着要给我介绍对象，被我一口拒绝了。我从没有想过我的丈夫会是别人，除了你之外，我心里真的再也容不下第二个人了。我该怎么办？想到未来还有那么漫长的时间要我一个人度过，我就会感到绝望。

虽然我知道你再也闻不到这信笺上的墨香了，可我还是要继续给你写信，直到我到天国去陪你的那一天。

此致

敬礼！

工友林芳

1987年3月23日

“第二封信的信封上没有贴邮票，也没有任何文字，应该根本没往外寄出过。那个叫朱永平的小伙子好像是在前线牺牲了，这是一段令人唏嘘的爱情，联想到林芳后来得了癌症，我不由自主地在心里同情起这个可怜的女人来。

先前那些信里的很多谜题仍然没有解开，我判断以后还能找到没封口的旧信。可是，这就意味我要继续犯罪。神父，你说我应该怎么办？”

说实话，我也非常矛盾，没想好应该怎样帮助这位陷入迷茫中的教友。遂先按告解的常规流程，简单劝勉之后，还是罚他回去念经。

在他离开告解亭后，我还是按惯例等待了一分钟，确定没有其他教友办告解后才起身离开告解亭。在这一分钟时间里，我总结了这位教友的一些告解规律，因为在我的眼里，他的一些规律似乎比他告解的内容更让我有疑问。

首先，他总选择我听告解的日子来办告解，每次他一定是躲在来参加弥撒的人群中，看着我走进告解亭才排队办告解。这样问题就来了，他为什么要这么做？在现实中我和他认识吗？

刚才听告解时，我也在想这个问题，一直在脑海里自动比对认识的那些教友里有没有是这个嗓音的，可惜没有得到答案。

其次，他总是最后一个进告解亭办告解，这个问题很好解释，他每次的告解内容都比较长，最后一个进告解亭既不影响别人，也能让他自己有充分的时间告解。

最后，他在讲述告解内容时总习惯用一些只有老年教友才用的词汇，他会不会是一位老年教友？故意装成年轻人的嗓音又是何目的？或者他本身就是这种嗓音。这个问题我同样没有答案。

随后进行的弥撒由我主祭，但我的状态并不好，没能做到心无旁骛，眼神总是不自觉地在参加弥撒的教友中环顾，心里想着，刚才最后一位做告解的教友会是人群中哪一位？当然，他也有可能办完告解就走，不参加弥撒。只是这种可能性不大，因为教友一般办告解的最直接目的是参与弥撒中的领圣体。

弥撒结束后，我快步走到台下和正欲离开的默西亚来了个面对面。他并不是每个主日都来参加弥撒，但只要来就一定会坐在台下左侧第三排正中间的那个座椅上。

“你好，默西亚，最近过得好吗？”

“你好，王神父，托天主降福，一切还不错。”

“那就好，有需要帮助的地方，随时来找我。”

“感谢你，王神父，再见。”

“再见。”

这样的对话场景，十几年来，我和默西亚重复了无数次，私下里，他一次也没来找过我。面对我的热情主动，他总是随便敷衍，从不深入交流，更不会坦陈内心。而且他总是有意无意地躲着我，就像刚才领圣体的时候，他和往常一样，在刘神父那边排队，从没有哪怕一次在我这边领过圣体。

我早已经习惯了默西亚的这种态度，却从没有灰心过，我坚信总有一天他会向我敞开心扉的。

算起来，早在 1980 年我就和默西亚相识了。起初，我以为他这种老教友可能信不过我这样的年轻神职人员，这种情况也确实存在，并且具有普遍性。可是，在我晋铎神父后，特别是后来升任大连堂区本堂神父后，默西亚的态度依然如故。

这让我深刻地体会到，只找到保禄神父日记本上的那五个人还远远不够，最重要的是要取得他们的信任，能畅通无阻地帮助他们打开心结。更何况我只找到了他们当中的两个人，要走的路还很远。

第六章

凯瑟琳的礼物

Chapter 6

眼下，那位教友也成了我自己的一个心结。我该怎么帮助他呢？夜里，我翻来覆去睡不着一直在思考这个问题。

我觉得目前需要确认两个问题：一是那位教友告解的内容是不是真实的，换句话说他有没有撒谎，任何思维正常的人都会对他说的那些话的真实性打一个问号。二是他的精神状态是否正常。

在告解亭那种封闭且看不见告解人面容的地方交流，很难判断告解人的精神正常与否。但告解人撒没撒谎，我却有一种独特的办法来准确分辨。

在我床头柜的最深处，有一个正方形的红色锦盒，锦盒比成年男人的手掌稍大一些，里面放着一个精致的鼻烟壶。鼻烟壶是用青白玉做成的，正面刻着一个“安”字，背面的两行小字是我自己刻上去的：“至高莫若天，至尊莫若主”。鼻烟壶里装的并不是鼻烟，而是一种名叫繇草香的神奇中药。

我患有严重的慢性鼻窦炎，一到换季就犯病，鼻子不仅不通气，还会流大量的鼻涕，特别难受，但只要闻一会儿繇草香的独特香味，鼻子马上就通畅了，鼻涕也不怎么流了。这是当年凯瑟琳送给我的礼物，以此来感谢我救了她的儿子。

我至今还记得她送我礼物时的情景，她把鼻烟壶盖子拧开的一瞬间，一种形容不出的香气通过两个鼻孔沁入心脾。在鼻子通气的同时我不由得在心里惊呼：“之前一犯病就自动丧失的味觉竟然这么快就回来了！”

“这是什么神药？这么有效果。”我脱口问道。

“这是我家祖传的繇草香。”凯瑟琳笑着说。

“真是太神奇了！”我惊叹道。

凯瑟琳没再言语，只是微笑地望着我的脸，望着望着。她突然开口问我：“王修士以前是不是来过旅大堂区？”

我不假思索地回答：“没有啊。”

“那你右脚的脚跟怎么踮起来了？”凯瑟琳盯着我的脚微笑着问道。

顺着她的目光，我发现我右脚的脚跟不知道什么时候自动踮了起来，我旋即让它回归原位。我对凯瑟琳的问话一头雾水，用疑惑的目光凝视着她。

凯瑟琳也没隐瞒，一五一十地向我介绍了繇草香另一种更为神奇的功能。我感到难以置信，却又不得不信，只能不住地啧啧称奇。

凯瑟琳把这瓶繇草香正式送给我后，又反复叮嘱我一定要节省着使用，这种神奇的中药虽说是她家祖传的，但在她父亲去世后，已经失传，她自己手上也没剩多少了。

这些年来，我对这瓶繇草香自然也是倍加珍惜，除非病情十分严重，否则绝不轻易拿出来用。

不过，现在我要把它拿出来使用一次了，借助它的神奇来帮助那位教友。主意打定后，我能做的只有等待，等待七天后的下一个主日他来办告解。

许是好久没看到这个鼻烟壶了，这次拿出来反倒有一种久违了的感觉。把它捧在手心，脑海里自动浮现出凯瑟琳儿子的身影。好多年没见过他了，也不知道他现在怎么样了？我和他很有缘，但这个缘分却并不深。

在那次救了他过后不久，有一天，我给教友们上慕道课，他和妈妈一起坐在下面听。可能是年龄小的缘故吧，我讲授的内容他根本没兴趣，渐渐坐不住了。如果不是凯瑟琳在一旁不时用严厉的目光震慑，他早就到处乱跑了。

当我讲到诺亚方舟的时候，出现了一个小插曲。

“……很多人不相信真的有诺亚方舟，认为它是一个只存在于《圣经》里的故事，武断地把它定义为神话或者传说。其实它是真实存在的，我们中国人的祖先很早就知道它的存在。”

我边说边在黑板上写了一个“船”字。

“大家看‘船’这个汉字，左边是‘舟’，右边上面是‘八’下面是‘口’，寓意船上有八口人，正好和诺亚方舟的故事相吻合。”

我话音刚落，就听到一个小男孩儿响亮的声音响起。

“不对，‘船’字右边上面是‘几’不是‘八’。”

凯瑟琳瞪了儿子一眼，道：“你别乱插嘴，听王修士讲。”

“我在学校学过这个字，明明就是一个‘几’字嘛，怎么会是‘八’呢？”

“你住嘴。”凯瑟琳高声呵斥道，同时在儿子头上拍了一下。效果却不大，小家伙儿仍然坚持自己的看法，继续喋喋不休。最后，气急之下的凯瑟琳对儿子大吼一声：“你给我滚出去。”

小家伙儿闻声，一溜烟地跑出了教室。

凯瑟琳一脸歉意地对我说道：“对不起王修士，请您继续讲课吧。”

我淡淡一笑：“没关系的，多情者不以生死易心，好饮者不以寒暑改量，喜读书者不以忙闲作辍。真信的人不会因为环境的顺逆而改变对天主的信赖，不信的人无论别人怎样引导，都不可能把自己全部交给天主。”

话一出口，我就后悔了，我怎么可以这样轻率地下定义，认为一个十岁左右的小孩子一定不会信天主呢！我本意是想安慰一下凯瑟琳，让她平复一下愤怒的情绪，却顾此失彼。

从那以后，我再也没有见过凯瑟琳的儿子，凯瑟琳每次都是一个人到教堂来。

我不确定凯瑟琳让儿子远离教堂是不是因为我那天说的话，也可能是她觉得自己的儿子冒犯了天主，我更希望是后者。

为这件事，我也曾几次想找凯瑟琳单独聊一聊，却始终未能如愿。我逐渐感受到，她和默西亚一样，对我这种年轻的神职人员敬而远之，这是我没有办法控制的事情。

第七章

第五次告解

Chapter 7

"因父，及子，及圣神之名。阿门。罪人求神父降福。"

一切都在我的预料之中，七天后，那位教友的声音又在告解亭里响起。

我不慌不忙地从兜儿里掏出那个精致的鼻烟壶，轻轻地拧开了它的盖子。繇草香独特的香味顿时弥散开来，并且透过隔断上无数个小圆孔飘到隔断另一边，飘进那位教友的鼻子里。

我："愿主启发你的心，使你能诚心忏悔，请诚实告明。"

"神父你好，我上次办告解是在一个礼拜前。我是一名邮递员，这个礼拜我又偷看了别人的信件……"

我打断了他的话："这位教友，鉴于你每次告解的内容较多，时间较长，本次告解特别允许你不用跪着告解，请站起来告明你的过错吧。"

我是带着任务来的，这就注定本次告解与以往有很大的不同。

隔断对面的教友略微迟疑了一下，几秒钟后，才传来一声："谢谢神父。"

同时伴有几声轻微的声响，他应该是站了起来。

我："不要感谢我，要感谢仁慈的天主，他体恤他的每一个孩子。"

"好的，感谢天主的恩典。"

我："请继续你的告明吧。"

"这个礼拜三下午四点，我在邮筒取信的时候，一下子发现了两封没封口的信，这是以前从没有过的情况。这两封信虽说也是已经邮寄成功的信件，也和前面那些信有一些关联，却又有着极大的不同，它们不是旧信。"

卫强：

他已经吃了两个月的苯勃纳，为什么身体没有任何反应呢？是你说的，人只要每天服用0.2克苯勃纳，两周到三周后就会出现头晕的症状，两个月后心脏开始衰竭，四个月后心脏彻底纤维化，最终导致死亡。现在一点作用都没有，你不会是被骗买了假药吧？再不就是你根本就是骗我的，你一直就是这样，在大连说话，我得上北京去听，没个准儿。

此刻，外面又飘来了挑大粪的臭味儿，每隔一段时间就要来一次，真是烦透了。我真的一刻都不想在这里待下去了，也不愿意每天看见他。我想让他赶紧从这个世界消失，你快点想办法，另换一种药也好，还是其他什么办法。总之，越快越好。

杜娉婷

1997年7月12日

亲爱的娉婷：

你好，已经收到你的来信。不瞒你说，这段时间我也一直在琢磨这个事。药源这一块，你不用担心，肯定不会是假的，而且苯勃纳在同类药物里效果是最好的，暂时不应该考虑换药的问题。我觉得问题恐怕出在你身上，你每次都是把苯勃纳兑到茶叶里给林凯喝。茶叶本身具有解药的作用，你最好换一种液体。苯勃纳本身无色无味，兑到水里是看不出来的。如果确实不方便，也可以兑到牛奶里。你也可以稍稍加大点剂量，但一天最多不能超过0.5克。

切记，沉住气，要有耐心，要不动声色。我和你的好日子已经不远了。

宋卫强

1997年7月19日

“从两封信最后落款的时间上看，距今还不到两个月。同时，这两封信都不长，却透着一股杀气。

从信封上的地址看，杜娉婷写给宋卫强的信是从西岗区南昌街 62 号寄出的，这几乎可以确定后来和林凯结婚的人是杜娉婷。

宋卫强这个人在先前沈茹写给杜娉婷的信里出现过，外号'宋科长'，说话磕磕巴巴的，和沈茹、杜娉婷、林凯是高中同班同学。他的信是从旅顺口区的一处地址寄出的，他和杜娉婷正打算用一种名叫苯勃纳的慢性毒药杀害林凯。

世事真是难料，先前看杜娉婷和沈茹之间的通信，里面还透着青春的躁动和友情的温馨，事情最终却演变成一场阴谋，杜娉婷竟然成了杀人犯。神父你说我该不该报警呢？神父？神父你在听吗？"

在这位教友开始告解后不多一会儿，我就悄悄离座趴在地上，悄无声息地拉开了隔断最底端的小挡板，向隔断那边窥视，我看到了这位教友的双脚，并且一直盯着那双脚，直到脚的主人问我是不是在听他讲话，才拉回全部注意力，轻轻地放回小挡板后，又轻轻地起身重新落座。

我："我在听，刚才我一直在思考你的问题，我觉得现在还不到报警的时候。先要弄清楚，你新看到的这两封信的内容是不是真实的。"

这位教友在告解时右脚脚跟自始至终都未踮起过，这证明他没有撒谎。凯瑟琳当年告诉过我，闻过繇草香后如果说了谎话，右脚的脚跟会自动踮起。这些年来我曾在好几个人身上试验过，结果都证实凯瑟琳所言非虚。

不过，当下的表象只能说明这位教友真的在一些非常手段的诱导下，看过这两封信，也包括之前的那些信件，并不能证明信里的内容就一定也是真实的。在这一点上，我有着非常清醒的认识。

我接着说道："按常理来讲，这种有预谋的杀人不太可能以信件这种形式交流。杜娉婷和宋卫强都身在大连，完全可以当面谋划，没必要留下文字证据，况且还是信件这种极易丢失的文字证据。所以，我觉得不符合常理，还需要再观察。"

"神父的分析很有道理，您说的再观察的意思是我还可以继续看信吗？"

我始终有点分神，最后那句话有些不严谨，容易被误解，竟然被他迅速捕捉到了。我立即打起精神，摒除杂念，按既定流程完成了这次告解。

那位教友走了后，等了片刻，我也离开了告解亭，身体虽然出来了，脑子却重新陷入沉思之中。

依我原先的判断，那位教友如果没说谎，那很可能精神不太正常，联想到刚才看到的那双脚，我忽然觉得这种可能性很大。

那双脚没穿袜子，裹在一双破旧不堪的黑色皮革凉鞋里，现在已经是 9 月，天气早已不再炎热，大街上很难看到有人光着脚穿凉鞋。

他的凉鞋非常脏，脚也很脏，像很久没洗过一样，十个脚趾甲长长的，每个长度都超过脚趾头差不多半厘米，而且每个里面都裹着黑泥。他十个脚趾头的长度几乎一样，是典型的罗马脚。

当然，也有可能是我想多了，他本身就是一个再普通不过的教友，只不过正在经历着一件离奇的事情。但不管怎么样，我觉得当务之急，要先弄清楚他是谁，争取和他面对面交流，这更有助于帮他尽快走出困惑。

即便他真的精神有问题，也可以早日送他到专门的医院接受专业的治疗。

等到随后举行的弥撒进行到领圣体环节时，我有意无意地将目光投向教友们的脚上，并没有发现那双罗马脚。

弥撒结束后，我很想去问亚西修女，刚才在外边有没有注意最后一位走出告解亭的教友是谁？或者那位教友有什么样的体貌特征。但是，这种念头最后还是被我强忍住了，这严重违背了教会的相关规定，也不符合一名神父应有的操守。

我只有耐心等待两周后的主日，那位教友再来办告解时寻找机会。

第八章

第六次告解

Chapter 8

“因父，及子，及圣神之名。阿门。罪人求神父降福。”

我：“愿主启发你的心，使你能诚心忏悔，请诚实告明。”

“神父你好，我又来办告解了，我上次办告解是在两个礼拜前。我是一名邮递员，最近这两个礼拜我只偷看了一封信，是上次偷看的那两封信的延续。”

卫强：

告诉你一个好消息，他终于有反应了。虽然不是头晕，但我觉得应该是苯勃纳在起作用。大前天晚上，他本来在看电视，突然从沙发上站了起来，一直在屋里来回转圈，嘴里念念有词地反复嘀咕着：“不要杀我，不要杀我。”我问他话，他也不理会。过了差不多一刻钟才平静下来恢复正常。我想，他应该是出现了幻觉，这是个好现象。

还有一个不太好的消息，他似乎是觉察到了什么，这两天早上没喝我给他热的牛奶。导致两天都没给他吃成苯勃纳，给我急坏了。或许这两天的药吃上了，他身上会有更大的反应呢。不过，这也没关系，我已经想到了更好的方法，让他每天神不知鬼不觉地把苯勃纳吃进肚子里。

终于看到希望了，真开心。

杜娉婷

1997 年 8 月 2 日

“这封信同样不长，却带来了一个不好的消息，那个名叫苯勃纳的慢性毒药在林凯身上产生了反应。

这几天，我把这段时间看到的那些信的内容在脑子里又重新梳理了一遍，总算参透了其中的一些奥妙。

我们用延展的思维往深处想一下，杜娉婷和沈茹、宋卫强之间那些信的最后结局会是什么？答案很明显，很可能是林凯中毒身亡。

最开始的林芳、林凯姐弟之间那些信的最后结局又会是什么？借用林凯在信中对林芳说的话：‘其实她信里的第一句话我信与不信，都将会在半年内失去自己的姐姐。’也就是说林芳后来可能也死了。

林芳和朱永平那些信的最后结局是明确的，朱永平死了，中间还透露林芳的父亲也死了。

这些信件以林芳、林凯姐弟为线索人物，虽然分属不同的时期，但只要经过细心提炼就不难发现‘死亡’这个主题。

听起来，是有点让人不寒而栗。但是，林凯的死亡也许是可以挽回的，按照杜娉婷在信里对苯勃纳的描述，林凯尽管已经中毒，但从时间上推算，肯定还没死。

我总算想明白了，或许某种神奇的力量让我看这些信的目的就是让我去救林凯。虽然我还没想好具体怎么办，但是我已经决定了，明天就亲自去南昌街 62 号一探究竟。神父，你会支持我的决定吧？”

这位教友这次告解的思维有些跳跃，我一时没想好该怎么回答他。在隔断这边沉默好半天才反问了他一句：“你到底是谁？你叫什么名字？”

这个问题也是我在心底里最想知道答案的。

这次轮到隔断那边沉默了，他沉默的时间远比我刚才长得多，这个问题出现在这里本身就比较突兀，也不太妥当，我也是一时没忍住才开口问的。

就在我刚想张口告诉他可以不回答这个问题时，从隔断那边传来了回音。

“我叫撒乌耳。”

很显然，他回答的是他的圣名。此后他又沉默了，我见状只好按部就班地继续进行告解剩下的环节。不多一会儿，他的第六次告解就结束了。这次，我最大的收获是知道了他的圣名叫“撒乌耳”。

第九章

拯救撒乌耳

Chapter 9

当天下午，在堂区档案室，我调阅了大连堂区的教友名录，没发现有叫撒乌耳的教友。

撒乌耳这个名字应该是取自《圣经》旧约撒慕耳纪里的古代以色列第一任君王撒乌耳。我还是第一次听说有人用撒乌耳做自己的圣名，因为撒乌耳并不是圣人，他只是《圣经》里的一个人物，而且是一个有污点的人物，很难想象有人愿意用他的名字做圣名。

1966 年以前的教友名录在“文化大革命”期间被焚毁了。现在的教友名录，是我和亚西修女从 1980 年开始至今，重新登记陆续入册的。我们俩并不是坐在教堂等教友们主动来登记，而是做了大量的走访，力求一个不遗地全部登记入册，包括很多早已去世的教友也被我们一一登记在册。

保禄神父日记上的那五个人，即斐理伯、伯多禄、玛利亚、多默、默西亚，由于保禄神父只写了他们的圣名，在重新登记教友名录过程中，我对这五个圣名格外关注。

教友的圣名存在比较严重的重名现象，包括后来领洗入会的教友，在大连堂区我先后发现了5个斐理伯、8个伯多禄、19个玛利亚、6个多默、1个默西亚。

5个斐理伯均出生在1945年之后，不可能参加过抗日战争，所以他们都不是保禄神父日记里的那个斐理伯。

8个伯多禄的领洗时间全在1980年以后，也都不可能是保禄神父日记里那个有严重同性恋倾向的伯多禄。

19个玛利亚里有三位是1966年以前入会的老教友，其中有两位健在，一位去世。无论是健在的还是去世的，我都详细地了解过她们的家庭情况，没发现有抛弃子女的记录。所以她们也不是保禄神父日记上的那个玛利亚。

6个多默里有保禄神父日记里的那个多默，已经去世。

要特别指出的是默西亚，默西亚在《圣经》里是耶稣的名字，这个名字所代表的含义就是耶稣基督。用默西亚做圣名几乎和用撒乌耳做圣名一样罕见，两者是截然不同的两个极端，默西亚是大家不敢用，撒乌耳是没人愿意用。所以单凭圣名这一点就可以断定大连堂区的这位默西亚就是保禄神父日记里的那个总认为自己就是耶稣的默西亚。

眼下的这个撒乌耳，有可能是“文化大革命”前就入会的老教友，在重新登记教友名录时没有进行登记。也不排除他不愿据实相告，故意瞎说了一个圣名。

他为什么要这么做呢？我想不明白，也不想明白，因为我个人直觉更倾向于他没有撒谎。他的精神状态也不太像不正常，对事物的分析很有条理。

我本以为撒乌耳会在两周后我当值听告解时再来办告解，可是，这次我却失算了，他没有来。又过了两周，他还是没有来。

撒乌耳为什么不来办告解了呢？我经常思考这个问题。难道他已经改掉了偷看别人信件的毛病，不再需要办告解赎罪了吗？这是最好的结果。

但理智告诉我，这种可能性微乎其微。随着时间的推移，我渐渐发现，只要一有闲暇，我的脑海里全是撒乌耳。即便是做其他事情，我也会下意识地和撒乌耳联系在一起。

就像那次，我和刘神父、亚西修女一起观看堂区上半年的礼仪录像时，当播放到圣周四我和刘神父为男教友们洗脚那一段，我的注意力全部集中在画面里男教友们的脚上，我当时还浑然不觉。

当我意识到自己是在寻找撒乌耳那双罗马脚时，同时也认识到，现在撒乌耳在自己的心里，重要程度绝不亚于保禄神父日记里的那 5 位教友。

又一个我当值听告解的主日过去了，撒乌耳依然没有来。

我有一种强烈的感觉，撒乌耳亲自去南昌街 62 号非常危险，甚至有遭遇不测的可能。在我第一次认真审视撒乌耳看过的那些信的内容后，更加深了自己的这种想法，其实撒乌耳在第六次来办告解时所做的那些分析是非常透彻的。

作为一名神父，我现在连静默都无法进行了，总是惴惴不安的。我知道自己不能这样坐等撒乌耳自己来，必须主动出击，去拯救撒乌耳。我也有责任必须去帮助他。

神父每年都有八天的避静时间，离开教堂去别处静修。我一般都是去位于秀月街的王家老宅，那里没有人，相对清静。

不过这次避静恐怕要例外了，1997 年 11 月 4 日是个周二，我向堂区申请避静，打算利用八天时间去拯救撒乌耳。

三天后一大清早，我正式踏上拯救撒乌耳的征程。第一站，我选择了撒乌耳提到过的邮局——大同邮政所，也是他工作的地方。这个地方不难找，位于西岗区大同街，大同小学的正对面。

在大同邮政所门前，有一个绿色的邮筒，也就是撒乌耳每天取信的那个邮筒，我在邮筒前驻足了片刻才走进大同邮政所。

大同邮政所不大，只有两个窗口办理业务。可能是刚刚开门营业的缘故，两个窗口前空无一人。窗口里面坐着两个穿制服的工作人员，一个看起来 20 岁出头，另一个看起来 40 岁左右，都是女的。

我走到那个年岁大的女工作人员窗口前，直截了当地询问所里有没有男性工作人员，得到的答复出乎意料，竟然没有。

经过进一步咨询后我得知，大同邮政所一共三名工作人员，全是女的，而且大同邮政所已经好多年没有男性工作人员了。

我一头雾水地走出大同邮政所，举目四望。一开始就不顺利，下一步该如何进行呢？对，去南昌街62号。

第十章

南昌街62号

Chapter 10

南昌街和大同邮政所离得并不远，向路人打听完之后，我只走了不到五分钟就来到南昌街。

刚拐进南昌街，一股恶臭扑面而来。我看到不远处停着一辆大粪车，一个挑粪师傅正用桶往车上倒大粪，另外几个挑粪师傅挑着扁担在两侧的楼道里进进出出。

我几乎走到了南昌街的尽头，才看到写有62号的门牌，南昌街62号是一座两层高的老式中国房。

空气中弥漫着浓烈的粪臭味，通往62号楼门洞的地上散落着无数个深黄色的粪滴。

这时，一个看起来四十多岁，身材圆滚滚的中年妇女一手捂着鼻子一手提着个小坤包，从楼门洞里疾步走出来，一边走一边冲着那辆粪车的方向抱怨。

“早不挑，晚不挑，非得赶在有租客看房子的时候挑，把人都给熏跑了。”

闻听此言，我灵机一动，急忙走上前：“姊妹，你有房子要出租吗？”

圆滚滚用一双小三角眼斜睨了我一眼：“是啊，怎么？你要租房子？”

我伸手指了指62号的门牌：“房子就在这栋楼里吗？”

圆滚滚：“对，就在这儿。”

随后，我跟在圆滚滚身后，走进南昌街62号。进入楼洞，先要经过一段昏暗的走廊，好在走廊不长，很快就通过了。之后视线才明亮起来，整个楼的布局也尽收眼底。

一楼的正中央有一个公用水龙头，水龙头后面住着几户人家，水龙头旁边七八米远的地方，有一个没有大门的房子，从里面冒出一股股恶臭，看来是公共厕所。

水龙头正对面，是通向二楼的楼梯，走到缓步台处向左转个弯又走了一小段楼梯后，来到了二楼。

二楼的房子要比一楼多，楼梯口的左右两边各有一排房子，圆滚滚领着我在右边最深处的一间房子前停下。

利用圆滚滚掏钥匙的间隙，我又快速把二楼所有房子扫视了一遍。从我和她从进入楼洞到现在，没看到有其他人，整栋楼显得有些萧条。

进屋后，我简单看了看房子里的陈设就直接和圆滚滚讨论具体的出租事宜。

当听说我只租一周时，圆滚滚的那双小三角眼又斜睨了我一眼，警觉地问道：“你租这么短的时间，要用这房子干什么？”

为打消她的疑虑，我只得告诉她一半的真实情况，实话实说自己是一名天主教神父，每年有八天的外出避静时间，只想找一个清静的地方静修。同时从包里掏出《圣经》、十字架、念珠给她看，以此来证明自己的神父身份。

圆滚滚看完这三样东西后，还是一脸狐疑。我想起包里有一张自己身穿祭披的照片，赶紧拿出来给她看。

圆滚滚脸上的警惕最后总算消退了，却并没同意把房子租给我。她解释说希望房子能租给长期租客来住，这样她比较省心。

我告诉她，我可以付给她一个月的房租，况且她的房子现在本身处于空置状态，我只租住一周时间，不大可能影响下一位租客的到来。

经过我的一番劝说，圆滚滚勉强同意了我的请求。我向她询问楼内住户的情况，她告诉我说，老坐地户基本上都搬走了，楼里的房子空置了不少，也有几间租给了外地人。

我担心圆滚滚再起疑心，没敢直接和她打听林芳、林凯家的情况。我提前付完房租款后，圆滚滚留下一把房门钥匙就走了。

屋子里阴冷、空旷，我伫立在屋中央做了来到这里的第一个祈祷：“主，求你借用我的手来帮助撒乌耳。”

尽管如此，我脑子里还是很乱，不知道先从什么地方入手。

从理论上讲，自己已经置身于南昌街 62 号，随时都有可能和林芳、林凯或者杜娉婷相遇。

可是，撒乌耳看过的那些信件的内容会是真的吗？还有就是撒乌耳本身也是疑点重重，他现在到底在哪里？

午饭是在外面吃的，饭后我去斯大林广场散了散步。不，准确地说它现在的名字是人民广场，老大连人总是改不了一些固有的习惯。

人民广场和南昌街 62 号相距不远，刚拐到黄河路上没走几步，南昌街 62 号的整体轮廓就出现在我的视野里。

南昌街 62 号所处的地理位置算是挺优越的，位于大连比较重要的两条路，长春路和黄河路交会的十字路口的西北角。

这是我第一次从这个角度观察南昌街 62 号的外部环境，待我走到楼跟前时，看到一楼西北角的房子门前挂着国营长春路理发馆的牌匾。

我不由得伸手摸了摸自己已经长至腮帮子的两个鬓角，直接走进了理发馆。

理发馆里的客人不多，清一色的女师傅。有三位正在为客人理发，还有两位在一边闲聊，我的到来迫使她俩停止了聊天，其中一位二十多岁的小姑娘接待了我。

小姑娘十分热情，理发过程中时不时地和我聊上一两句。

“大叔的头发真好，又硬又密，白头发还少。”

我笑了笑，没吱声。

“大叔是第一次来吧？”

我装作思考的样子，停顿了一下才回答道：“以前也来过，我有个朋友就住在这栋楼里，叫林芳，你认识吗？”

“你是说楼上老林家的那个老姑娘吗？”

“是啊。”

“她都死了好几年了。”小姑娘随口说道。

我心里一惊，原来林芳真的已经死了。

我脸上故意露出惊讶的表情，问道：“死啦？什么时候的事儿？”

“要说她家还真是邪乎……”

小姑娘还想说什么，不料，不远处传来一个严厉的女声打断了她的话。

“剃你的头吧，哪那么多废话，还嫌事儿不够多是不是！”

小姑娘手上的动作停了，我趁机循声望去，看到最里面的座椅旁边，站着一位年纪和我差不多大的女师傅。此刻，她也停下了手中的活儿，用一双怒目瞪着小姑娘。

小姑娘似乎有点忌惮这位女师傅，我从面前的镜子里看到她吐了一下舌头便接着为我理发了，直到理发结束，她没再和我说过一句话。

我离开的时候，小姑娘礼貌地送我到门口，并抢先一步替我拉开了门。我向她道了一声谢谢，并以最快的语速小声问她：“我想去林芳家看看，可忘了她家在楼上的具体位置了，你能告诉我吗？”

小姑娘抬手向上指了指天棚：“她家就在我们楼上，不过……”

小姑娘往刚才呵斥她的那位女师傅的方向瞟了一眼，然后压底嗓音继续说道：“不过，她家根本没人，你去了也是白去……”

小姑娘明显还有话要说，却欲言又止，最后她只是搪塞了我一句：“反正你别去了。”

小姑娘和那位女师傅对林芳家讳莫如深，看来这其中必有蹊跷。走出理发馆后，我条件反射般地抬头朝林芳家望去。惊喜地发现她家紧挨着我租住的房子，离我租住的房子最近的一个窗台有一扇窗户没关，也是二楼所有窗户里仅有的一扇没关的窗户。

天气这么冷，窗户这样开着，唯一的解释就是开窗换空气，但我又觉得不太像，小姑娘刚才说的话已经先入为主了，林芳家根本没人。

走进南昌街 62 号后，我在林芳家门前停住脚步，门上的铁锁已出现点点锈迹，从满是污秽的门玻璃向内窥视，勉强可以看清里面的情形。一个灶台，一口水缸，一条长长的过道把三间屋子连在一起，三个屋门上同样也都是铁将军把门，不像有人住的样子。

就在这时，有人从后面拍了我后背一下，吓了我一跳。

“你在干吗？”

我打了个激灵猛然转过身，看到一张苍老的脸，是一个小脚老太太。我随手指了指我的出租屋：“我是刚搬来的租客。”

老太太没再言语，上下打量了我一番后，弓着腰挪着她的那双小脚，走进林芳家隔壁那间房子。

我也没再停留，转身进了自己的出租屋。圆滚滚临走之前告诉我，灶台下面有两捆木头，是生炉子用的。我找了把斧子，拿着那两捆木头来到门外开始劈起了木头。这里没有暖气，要取暖只能自己生炉子。我故意劈得很慢很慢，借机观察外面的情况。

或许是天冷的缘故，又或许这里本身就没什么人气儿。我几乎是用慢动作劈了一下午木头，视线里只出现了三个行色匆匆的人影，他们如同外出觅食的小动物，找到食物后迅速回到洞里，不再出来。

等到暮色四合时，我也有些累了，抱着劈好的木头回屋生起了炉子。

好久没生炉子了，难免生疏。但对我这一代人来说，生炉子的技能是一项基本功，只有快与慢的区别，没有人不会。

不一会儿，炉子就生好了，屋子里逐渐有了热乎气儿，穿了一天的皮夹克总算可以脱下来了。

我利用炉火煮了一袋方便面，晚饭的问题也解决了。饭后不长时间，我就做完了晚祈祷。趁屋里还有热乎气儿，赶紧钻进被窝里睡觉，我是怕晚上炉火灭了，屋温下降后就难以入睡了。

即便如此，半夜我还是被冻醒了，并且睡意全无。我干脆穿好衣服，拿出念珠，诵读起了经文。

读着读着，我的目光自动飘向窗外，仿佛听见天主在窗外召唤我。我连忙上前推开窗户，探出头去。头顶着阵阵冷风，我看到了林芳家那扇没关的窗户。

也正是这一刹那的工夫，我醒寐了，这是天主开启的一扇窗户，一扇可以了解真相进而帮助撒乌耳的窗户，我必须走进去。

于是，我拿上手电，穿越到窗外，以碎步通过窗外的平台来到林芳家窗下，又用最快的速度翻窗而入。这一系列动作有些猥锁，像一个小偷似的，完全不符合自己神父的身份，可我也顾不上这些了。

站在林芳家窗台上，借助月光我看到屋里的地上好像躺着一个人。一个名字在脑海里闪过：撒乌耳。

我急忙从窗台跳下，快步走到那个人跟前蹲下，打开手电后，才发现原来是一件旧军大衣放在地上，登时松了一口气。

我起身利用手电的光芒环视整个屋子，目光所到之处，看到的几乎都是旧物件，唯有桌子上放着的一台 BP 机带有一些现代化气息。这肯定不是一个生活富足的家庭，手电光慢慢转到桌子上那台黑白电视机后面的墙上，我偶然发现墙上有一大块正方形和其他墙面存在色差，明显要白一些。

正方形上方有两个钉子，我推测这里原来应该挂着一个相框，过去绝大多数家庭都有这个习惯，只是后来不知道什么原因相框被人拿了下来。

我又上前跨了两步，想近距离再仔细观察一下，一时没留心脚下，不知被什么东西绊了一下，耳边响起了一个东西倒落的声音。

我拿手电一照，看到一个手风琴倒扣在地上，倒在一个大纸壳箱旁边。纸壳箱敞着口，可以看到里面有几摞厚厚的信。我随手拿起最上面的一封，信封上的地址曾似相识。

放下信后，我又在屋子里查找了一番。在确认没有其他有价值的发现后，我抱着那个大纸壳箱又悄悄潜回了出租屋。

此刻，已将近凌晨五点，我不仅全无困意反而异常亢奋。我迫不及待地开始看纸壳箱里的信，看了两个多小时才全部看完。

我看到了好多封撒乌耳在告解时讲过的信件，按理说它们应该在撒乌耳手里，不知道为什么会在这里出现。

纸壳箱里的信至少有一百多封，远比撒乌耳看过的多，信息量也更大。比如，我看到了肖雨写给林凯的那封信，也揭开了肖雨身上所有的秘密。

林凯：

你好，无论你觉得接下来看到的文字多么匪夷所思，都请务必相信我。不然，你可能会在半年内失去你的姐姐。

你一定奇怪，我为什么会给你写这封信。实际上，这封信是应该写给林芳的，她现在非常不信任我，我担心她会看都不看直接把信撕掉。好在我事先就想到了这一点，老早就向你妈妈要了你的通信地址。

我很早就预感到自己可能是一个被收养的孩子，毕竟在那个年代独生子女太少见了。不过，我从来都没有问过我的父母，或者说我根本不愿意面对这个问题。但是，我最后还是不得不面对这个残酷的现实。我妈临终前告诉我，我真正的名字叫林芬，我真正的父母在大连，我还有一个双胞胎妹妹叫林芳。我当即责怪我妈，为什么要告诉我这些，我这辈子都不想知道这件事。

坦率地说，我不怪你们，也从来没想过要和你们一家相认。直到一个意外的发生，让我改变了主意。去年3月在学校的体检中我被查出得了一期的肺腺癌，整个过程和林芳肺癌的确诊过程几乎一样。和林芳一样，我也马上做了病灶切除手术，可让我始料不及的是，仅仅三个月后就复发了，并且在体内发现多处转移灶。

为了挽救我的生命，我的导师帮我找遍了甘肃省内的所有名医。在这个过程中，我遇到了一位专家。这位专家因为其研究成果有悖于诸多传统观念而长期被排斥在主流医学界之外。

但是，经过一段时间的深入了解之后，我发现这位专家对早期肿瘤的很多观点很可能是正确的，尤其适用在我身上。

这位专家通过大量病例研究发现，某些特殊人群自身的免疫系统可以自行杀死体内的癌细胞。用简单通俗的话来讲，这类人群体内生出的早期肿瘤，不用手术切除也可以在一段时间自行消失。动手术反而会打破体内原有的平衡，使肿瘤变得不可控制。为保险起见，大多早期肿瘤患者做完切除手术后，都会再做一定次数的化疗，这就更进一步造成癌细胞在患者身体内的泛滥。

我恰恰就是这类特殊人群，遗憾的是，自己发现这一点时已经太迟了。专家自己研制的药无法消灭我身体里的所有癌细胞，只能延缓病情继续发展，我的生命已经开始倒计时了。

就在我准备静静地迎接死亡的到来时，意外从专家那里得知，双胞胎的体质相同，基因相近。我忽然意识到一个问题，远在大连的林芳和我一样是这类特殊人群，会不会也面临同样的问题呢？我已经错了，林芳还有选择的机会。我是不是该去大连帮助林芳呢？这是一个特别矛盾的选择，如果林芳好好的什么事都没有，我这个行将就木的人去找你们岂不是给你们一家平添烦恼？我经历过那种亲人之间的生死离别，不想让你们也体会那种痛苦。可是我不去，一旦林芳有事怎么办？犹豫再三，我还是决定去大连。

在导师的帮助下，我来到大连的一所医院肿瘤科调养。后来的事你都知道了，我隐瞒了自己的病情和你们不远不近地保持着联系。我不想和你们亲近，也亲近不起来，只想如果可能的话帮助一下林芳。可惜我的努力都白费了，几乎是眼睁睁地看着林芳步我的后尘。也怪我自己的身体不争气，癌细胞已经转移到了我的胸椎和腰椎，脑袋里也有两处转移灶，我现在连走路都非常困难，很快将会瘫痪，我剩下的日子真的不多了。

林芳还有机会，你要赶紧把情况向林芳说明，让她去找那位专家，我把那位专家的联系地址写在这页纸的背面了。切记，要快。

如今看来10月中旬和你妈妈的那次见面，应该是我和她老人家今生最后一次相见了。林凯，记住，不要来找我，就当我没有回来过一样。如果你妈妈问起来就说我回兰州了。再见！

肖雨

1991年12月13日

林凯当初看完这封信后曾写信对林芳说，无论这封信里的第一句话他信与不信，他都会在半年内失去自己的姐姐。现在看来，林凯说的这个姐姐其实指的是肖雨。以肖雨当时的状况，应该是坚持不了多久了。

想不到揭开所有的神秘面纱后，竟会是这样一个悲情的结尾。我在想，假如我在那个时候能认识肖雨，尽全力帮助她，是否能改变她的命运呢？答案只有天主知道。

我还看到了那封写给沈茹的情书：

望着深邃的天空，无数繁星点缀了整个苍穹，又是一个想你的夜晚。我时常会想，假如天上的每一颗星星都代表地上的一个女孩儿，那么哪一颗星星会是独一无二的你呢？

还记得那天，天空中下着小雨，我站在学校操场上，看到一个撑着一把绿格子伞的女孩儿款款走来，那是我这辈子看到过的最美的一幅画面。她的发型和电视剧《大侠霍元甲》里的王秀芝一模一样，一个精致的蓝色发卡恰到好处地别在前额的秀发之间，那条白色的连衣裙在她高挑身材的衬托下显得格外好看。

女孩儿也是来报到的新生，最令我开心的是，她和我是一个班。在点名的时候，我特别留心，听到了一个十分好听的名字：沈茹。

从那以后，每当听到这个名字的时候，我心里都会产生一点小小的悸动。我想，我是喜欢上了这个叫沈茹的女孩儿。

我总是会为新一天的到来激动不已，因为我马上就可以在学校见到你；我总是会为新一周的到来黯然神伤，因为这意味着一整天我都看不到你。在刚刚过去的寒假，我度日如年，生平第一次觉得假期是这么的多余。只要看不到你，思念就会自动占据我的内心。

我已经快无法控制自己了，心里有许多话想对你说，却又不得不保持克制，只好写下这些文字，希望没有吓到你。

不知道杜娉婷是根据情书里的哪些线索，最后断定写情书的人是林凯，反正我是没看出一点蛛丝马迹。

并不是撒乌耳提到过的所有信件都在这个纸壳箱里。那封杜娉婷写给沈茹的信就不在，里面只有沈茹写给杜娉婷的回信。杜娉婷和宋卫强之间商讨毒杀林凯的那些信也不在。这意味着什么呢？我不得而知。

纸壳箱里的信都被掏出来了，露出了压在最下面的一个泛黄的笔记本。笔记本没有外皮，卷边十分严重，看起来像个古董。

我刚翻开头一页，发现夹在里面的一团宣纸，那团宣纸皱皱巴巴地对折在一起，看起来年代据今已十分久远。我轻轻地把宣纸摊开，几行竖着写的小繁体字映入我的眼帘。

> 当俺路过一个山口时，借著探照灯的亮光，发现一个俺不认识的战友躺在地上不住地呻吟，他的腿受伤了，无法跟上部队转移。他见到俺如同在黑暗中见到了一线希望的曙光。他看起来也就十八九岁，用小孩子乞求大人再多给一块糖的口吻问俺："能带上我吗？"
>
> 俺稍微犹豫了一下，最后还是选择留下来帮他。在简单地为他包扎了伤口后，背上他一起上路。俺心里清楚，这样做很可能无法冲出敌人的包围圈。

这些文字看起来像是情况说明又像是申诉材料，但明显不完整，只是很多页中的一页。

紧接着，我开始阅读笔记本里的文字，依然是竖着写的繁体字，原来是日记。日记里的笔迹和宣纸上的笔迹一模一样，应该是同一个人写的。

1948年9月24日

离家参军已经整整半年了，有点想家了，也想你，英子。俺们正在离济南50公里远的济阳休整，终于有时间写点字了。连里会写字的战友只要闲下来都会写日记。不为别的，只为哪天战死沙场了，留个记录给家里人。尽管俺确信自己不会死，但俺也要写，因为俺想你。

英子，俺对不住你。俺参军走那天，不该当著全村乡亲的面亲你，让你做难。其实，俺参这个军是上了铁生的当。因为都稀罕你，俺俩一直不对付。

解放军到咱们村的前一天，俺俩又呛呛了起来。铁生将俺的军，问俺男子汉大丈夫敢不敢上战场保家卫国报名参军去？俺没多想直接回答说有什么不敢的，还说谁不去谁是孬包。第二天，俺俩都去报名参军，俺在前，他在后。俺很顺利就通过了，可是铁生却故意在解放军面前装瘸子，结果人家没要他。

俺当时就知道上当了，铁生这小子打小就一肚子鬼心眼。他这一招太坏了，把俺支到前线打仗去，他留在后方天天守著你。俺要是死在战场上了，他就得意了。即便是俺没死，也不知道何年何月能回家。俺走那天数他在人群里笑得最欢，俺也是急了。心里琢磨著，你有阴招，俺也不能干受著。未出阁的满姑子（**注释：**姑娘，山东平度方言。）的身子是不能随便被男人碰的，俺要是当著大伙儿的面亲你一口，这辈子，你就是俺的人了。

英子你放心，俺一定会活著回去的，而且要立功，要做战斗英雄，风风光光地娶你进门。

这篇日记是用铅笔写的，密密麻麻地整整占据了一页纸。翻页后我看见背面是一整页用蓝色钢笔写成的文字，与正面不同的是，蓝色钢笔字是横着写的，阅读顺序也变成了从左至右，像是后写上去的。细细读来，竟然有惊人发现。

大成哥，你离开我们已经整整两年了，每次看到你当年写的这些日记我都会心绪难平，就仿佛看到你从天堂寄来的信一样，现在我决定给你每篇日记的后面都写一封“回信”，希望你在天堂能看得到。

你参军走那天，乡亲们敲锣打鼓，都出来送你们。你们胸前戴着大红花，光荣地和乡亲们挥手告别。春根、小囤子他们几个神气极了，只有你蔫头耷脑的，我知道你是舍不得我。

看你突然从队伍里冲过来，我以为你有话对我讲，没想到你居然直接在我脸上亲了一下。搞得我没脸见人，马上跑掉了，最后我和你连一句告别的话都没说，就那么让你走了。

你以为我真是因为你亲了我，才决定和你好的吗？你真傻，其实我早就看准你了。还记得吗？光复那年春天，你和我还有铁生一起去豹子岭烤野兔吃，抓野兔时我不小心崴了脚，在你烤野兔的时候，我一直坐在草地上。

当烤野兔的香味出来后，我和铁生贪婪地使劲把空气里的肉香吸进鼻子里，口水都快要流出来了，只有你没有一点反应。这时我想起，你的鼻窒又犯了，闻不到味道，赶忙费力地起身拿出我爹新做好的一瓶繇草香打开给你闻。这时，铁生在一旁对我嚷道："俺鼻子也不通气，也给俺闻一闻。"

我知道铁生鼻子没事，只是在犯嫉妒。随口回应他说："你闻不到吗？我爹做的这个药，瓶子打开后一丈之内都可以闻到味儿的。"

铁生接话道："对呀，一丈之内都能闻到，你干吗还要送到大成鼻子底下去给他闻。"

听铁生这么说，我立刻意识到自己的失态，赶紧缩回了拿着繇草香的右手。就在这时，咱们三个人几乎同时发现有一队鬼子正从山下经过，你和铁生迅速灭了火，却无法控制空气中弥散的烟，咱们仨随时都有被鬼子发现的危险。

我对你和铁生说："咱们先在这儿猫着，如果鬼子发现了，你们俩不用管我，赶紧跑。"

你马上严肃地说道："不行，鬼子要是来了，俺背你走。"

铁生不甘示弱，连忙说了和你一样的话，和你不同的是他右脚微微踮起了脚跟。关于我家祖传的繇草香，有一个不被外人所知的秘密，它除了治鼻窒外，还有一个特殊且神奇的功能，闻过它的人在半个时辰内，要是说了谎话右脚脚跟就会不由自主地微微踮起。

鬼子最终没有发现咱们仨，我也终于知道了到底谁才是真心对我好。

当看到“繇草香”三个字时，我心里为之一振，蓝色钢笔字无疑出自那个叫英子的女人之手，她竟然就是凯瑟琳。她的东西怎么会出现在林芳家里？难道她也是林芳家里的一员吗？

为了确认这一点，我利用外出吃早饭的时间找了一个公用电话给堂区打了过去，让亚西修女赶紧在教友名录上查一下凯瑟琳这个圣名里，有没有家住在西岗区南昌街 62 号的。

我刚回到出租屋，亚西修女的反馈信息就在我的 BP 机上显示了出来：有一个凯瑟琳家住在西岗区南昌街 62 号，本名安云英，1932 生。

从年纪上判断，凯瑟琳有可能是林芳的妈妈，如果真是如此，林凯就是我当年救过的那个小男孩儿。

我的脑海里闪现出一抹灵光，也许那些奇怪的信并不是真的要给撒乌耳看，只是通过他作为中间人传递给我，把我引到这里来，我不禁打了一个冷战。

凯瑟琳这个名字对我来说，已经久违了，我突然意识到，自己好像很多年没见过她了。我顾不得想太多，接着读日记。

1949年6月13日

英子，小囤子牺牲了，咱们村出来的就剩俺一个人了。唉！不知道囤子娘知道了该多难过。班上的平度老乡除了俺之外还剩两个，张柏初，二甲的；孙耀宗，南村的。

昨天上面给俺们发了新的军鞋，听说这批军鞋是从平度运来的，俺的新军鞋发到手里后，俺还在想这双新军鞋会不会是你做的呢？上海已经解放了，下一步听说会让俺们去解放台湾岛。离全中国解放的日子也不远了，俺已经连续好几天晚上做梦回家娶你了。你家房后的杏子快熟了吧！可惜今年又吃不成了。等明年俺回去吧，还像以前那样上树给你摘杏子吃。

这篇日记较短，只占了半页纸，凯瑟琳的蓝色钢笔字出现在下半页上，字数也不多，没有什么特别的发现。

你走后第二年开春，村里来了个大鼻子洋人，中国话说得特别好。他还给我起了个洋名，叫凯瑟琳，他给村里好多人都起了洋名。

他告诉我们，在他们国家，有一个叫耶稣的神，能帮助世上的人解除一切苦难。只要诚心尊敬耶稣，耶稣就能满足所有要求。就这样，我每天都求耶稣保佑你能平平安安地回来。

第三篇日记也是最后一篇，文字更加简短。

1950 年 10 月 29 日

天冷了，俺的鼻窒又犯了，亏得你给俺的繇草香，闻着繇草香好像你就在俺跟前一样，可俺还是不舍得多用。马上就要去朝鲜打美国佬了，打完这一仗就可以回家了。

英子，俺已经得了两枚奖章了，等俺回家戴着它们去娶你，你一定要等着俺。

与之前不同，这篇日记后面的蓝色钢笔字非常多，几乎填满了整个笔记本。

两年后，你所在的部队从朝鲜回来，我却没能看到你的身影。我去南京找你，他们都说你死了，只留下了这三篇日记。我不信，无论他们怎么劝我，我都不信，你不可能死，不可能的。我天天都做祈祷的，早上做，中午做，夜里也做，我那么诚心，耶稣不会看不到的。

又过了两年，我打听到有一批解放军被俘人员从朝鲜回国，被送到了东北昌图。我立即动身去东北找你……

第十一章

1954年的冬天

Chapter 1 1

连续刮了五天的大风依然没有停歇的意思。已经滞留在烟台码头四天了，带的煎饼早已吃完，一整天没吃东西了，饥肠辘辘的我好几次想去买点吃的，可一想到自己只剩下一万块钱，下船后还要走很长的一段路，就打消了吃东西的念头。

候船亭里早就被积攒多日的乘客填满，大家几乎是紧紧地贴在一起。即使是这样，大家仍然感觉不到温暖，从外面灌进来的寒风一刻也没有停止过。

我偏偏在这个时候来了月事，从腰间不时传来隐痛，再和寒冷、饥饿混杂在一起，难受至极，只能用睡觉来抵御。

寒冷让我时睡时醒，又一次从睡梦中醒来，我发现两旁空了，人们在嘈杂中争先恐后地朝一个方向奔去。我意识到船终于要开了，立刻跟上人群。

虽说大船已近在眼前，但看到眼前黑压压的人群，我觉得自己好像被阻隔在千里之外。我看到有工作人员拿着大喇叭在喊着什么，却一句也听不清。现场已经沸反盈天了，完全没有秩序可言。大家伙儿只有一个目的：上船。

见此情形，我横下一条心，拼了命也要挤上船。好在我随身只带了一个包袱，加上身形小，拥挤在人群中倒也轻便。只是长时间的饥饿让我头重脚轻，力不从心，可我顾不得这些了，咬紧牙关一个劲儿地往前挤。

脚下总能踩到别人掉落的鞋子，眼前总有别人挤掉的帽子飞过，一些人的行李挤丢了，一些人的孩子被挤散了，很多人被挤倒在地上，到处都是鬼哭狼嚎的喧闹声。

我好不容易挤上了弦梯，眼瞅着身前一个小脚老太太站立不稳要向我这边倒下，没等我做出反应，身后的人群已经把我的身体推了上去，直接推正了老太太的身子。

在身后巨大惯性的作用下，弦梯很快就看到了尽头。马上就要挤上甲板了，我心里一阵窃喜。

就在这时，我身旁突然斜刺里蹿出一个人，把我使劲往一边推去，抢先挤上了甲板。我身体一时间失去了平衡，下意识地张开双臂紧紧抓住栏杆，原先环在右肩上的包袱直接甩了出去，掉到海面上。

包袱里没有钱，却装着一样很重要的东西：繇草香。是专门给大成哥带的。

我没多想直接纵身跳到海面上，一阵刺骨的冰凉顿时袭遍全身，我这才想起自己根本不会游泳，慌乱中我的手抓到了自己的包袱，呛了几口海水后就失去了意识。

等我醒来的时候，视线里出现了一个中年妇女和蔼的脸庞。

“大妹子，你醒啦？”中年妇女关切地问道。

我挣扎着想起身，却失败了，发现自己身上一点力气也没有。

中年妇女见状，连忙招呼她身旁的一个男人，他们二人合力扶我坐了起来。他们俩刚一松手，我身子就不由自主地往一侧倒下，那个男人赶紧又扶住我，中年妇女绕到我身后，我靠在她身上勉强保持坐着的姿势。

我这才看清楚周围的情形，原来这里是船舱，脚下的地面在颠簸中起起伏伏，空气中弥漫着各种难闻的味道，周围的人好像比烟台候船厅里的人还要多一些。

想到自己终于上了船，心里轻松了一些。耳后传来了中年妇女的声音：“这是我男人，孙凯，先前就是他救了你。”

中年妇女用手指了指刚才扶我的那个男人，他穿了一身湿军装，左胸兜上印着的“中国人民解放军”几个字特别醒目。

我想向他道声谢谢，张了张嘴却没有发出声音，只能微微颔首，孙凯会意地点了一下头。

“我叫刘芬芳，你叫我刘大姐就成。也不知道你包袱里装了什么宝贝，一直死死地攥在手里。”

我急忙挣脱了裹在身上的毯子，终于看到右手紧攥着的包袱，打开后确认十瓶繇草香完好无损，总算松了一口气。

松懈下来之后，感到浑身不舒服，头痛欲裂，身上的衣服都是湿的，传来一阵阵冰凉，人也迷迷糊糊的。

“你正在发烧，吃点东西后就躺着吧。”刘芬芳说道。

我只记得刘芬芳拿出一个火勺喂我吃了下去，之后便什么都不知道了。

再次恢复意识，发现自己置身在一个完全陌生的屋子里，身上的衣服也换成了干净的。我下意识地想起身，却又一次失败了，还是浑身无力，尤其是四肢，酸疼不已，最后试了几次才勉强坐了起来。环顾四周，一切都是陌生的，只有一股淡淡的中草药味让我觉得有些亲切，这一点倒是和我家一样。

这时，一个老太太推门进来。

“闺女，你醒啦？”

“这是哪？”我问。

“这是我家，闺女，你现在已经在大连了。”

“我怎么会在这里？现在是什么时候？”

“今儿个是立冬……”

原来这个老太太叫吴婶，是孙凯、刘芬芳两口子的老乡。

我先前一直昏睡，船到大连港后，孙凯和刘芬芳还要继续赶路，就把我背到了吴婶家，吴婶的老伴儿是个中医，开了一家中药铺。我已经在吴婶家躺了一天一夜。

“吴婶，火车站离这儿多远？我要坐火车去昌图。”我说道。

“这可不成，你染了很重的风寒，得好好调理调理，要不就落下病根儿了，你这下身还流着红呢。”吴婶语重心长地说道。

“不行，我不能再耽搁时间了。”我说着就要起身下炕，被吴婶直接按躺在炕上。

“你就听婶儿的吧，以你现在的身子骨哪儿也去不了。”

即使心早就飞到了昌图，奈何身体不配合，也只能在吴婶家静养。一个多礼拜后，身子渐渐有了些起色，至少可以下地走路了。

一天上午，我瞅准了吴婶出去买菜的工夫，留了张字条，悄悄溜了出去。

之前就打听过，吴婶家离火车站不远，可这段并不遥远的路程对身体仍然很虚弱的我来说，是那么遥不可及。身上乏得厉害，走路时两只脚绵软无力，而且每走一步身上每一个关节都疼得要命。我感到自己就是一摊行尸走肉，全凭信念前行。

也不知道走了多远，一座教堂出现在眼前，屋顶上的十字架让我不确定自己是在现实中，还是在梦境里。难道我的生命已经走到终点了？这么快就要和耶稣见面了？

一点一点的，那个十字架在我眼前变得越来越模糊。

当我再一次醒来的时候，看到一个神父装扮的人，我这还是第一次看到中国人穿神父的衣服，他告诉我，他是保禄神父。

保禄神父得知我竟然是一个天主教徒后，兴奋不已，一再强调这是主的旨意。再三叮嘱我一定把身体调养好再去昌图，就这样我暂时在教堂住了下来。

保禄神父给我吃了一些西药，我身体恢复的速度明显快了许多，只不过，一走路身上关节就疼，似乎是落下了病根儿，一直没能得到缓解。

再过一个月就是圣诞节了，那是传说中耶稣的生日。教堂里里外外洋溢着节日的氛围，却丝毫没能感染我。

教堂离火车站非常近，我每天心急如焚，巴不得马上飞到昌图，希望在那里能见到大成哥。我不管他是英雄还是俘虏，是健康还是残疾，只希望他活着就好。

1954 年 12 月 7 日是农历的大雪节气，天气也十分应景，漫天的飞雪似乎知道我要在这一天启程，争先恐后地在天空中为我指引前行的方向。

在教堂吃过午饭后，保禄神父亲自送我到火车站，不仅帮我备足了路上所有需要的各种东西，还悄悄地在我的包袱里塞了四万块钱，从烟台到大连这一路，我遇到的净是好人。

等火车抵达昌图站时，已经是凌晨一点多了，我不得不按捺住急切的心情在车站坐着等待天亮。

好容易熬到天亮，终于又上路了，经过一路打听，直到临近中午时，才来到负责管理回国战俘的归管处。

我向门口站岗的解放军战士打听有没有林大成这个人，解放军战士让我到里面问。

进到归管处办公楼里，我看到所有屋的门都是开着的。我在走廊里转了一圈，每个屋都瞅了瞅，正在犹豫该进哪个屋询问的当口。迎面走过来一个人冲我问道：“大妹子，你怎么在这儿？”

我打量了一下那个人的脸，马上就辨认出是孙凯大哥，真没想到会在这里遇到他，我激动地握住他的手，反复向他表示感谢。

在孙凯大哥的帮助下，我很快就了解到，1954年1月回国的志愿军战俘里有一个名叫林大成的，1931年出生，山东平度人。这毫无疑问就是我的大成哥。他真的还活着，感谢主耶稣，我兴奋地流下了眼泪。

不过，此时大成哥并不在归管处，1954年6月，他和许多志愿军战俘一样，被开除军籍遣送回原籍了。

孙凯大哥特意留我去他家吃晚饭，我也想当面向刘芬芳大姐表达感激之情，遂一口答应了孙凯大哥的邀请。第二天上午才坐上开往大连的火车，这段归程要比去时茫然得多。虽然知道大成哥还活着，但他人究竟在哪里我并不清楚，而且完全没有方向。

半年前大成哥就离开昌图归管处了，很显然他并没有回平度。仔细想想，我能理解大成哥的做法，参军多年最终落得这个结局，哪有脸面对家乡父老。但是，他没有考虑过我吗？他就一点也不想见我吗？

想到这一层，我又不能理解大成哥了，甚至有点怨恨他。可不管怎样，我一定要找到他。

我没想好该去哪里找大成哥，只知道到大连后要向帮助过我的保禄神父还有吴婶一家当面道谢，至于下一步该怎么做，只能到时候再说。

再一次见到保禄神父，令我倍感亲切。尽管我们认识的时间不长，尽管他送我去火车站的场景才过去两天而已，我们像久别重逢的亲人一样彼此嘘寒问暖。

仅仅过了一天，当我凭借记忆敲开吴婶家房门时，又一场亲人般的久别重逢上演了，望着吴婶那张慈祥的脸我忽然想起了我娘，不禁泪流满面。

"闺女，莫哭，莫哭。"

吴婶一个劲儿地安慰我，待我情绪终于平复下来，才语重心长地说道："闺女，你脸色太难看了，怪你不听婶儿的话，乱跑。"

不得不说，烟台码头的那次落水对我的身体影响极大，走路时全身关节的疼痛自不必说，连一向准时的月事也在这个月失约了，腰间的疼痛却如期而至，甚至比以前更猛烈。

吴婶告诉我，她有一个老乡也是中医，医术很高，非要带我去看一看。

我们俩走了差不多半个小时，在一个剃头棚前停下脚步。

"就在剃头棚楼上。"吴婶对我说道。

吴婶的老乡刘大妈是位中医，看起来和吴婶年纪差不多。从她号脉时渐渐紧蹙的眉头我已经感觉问题似乎比较严重，号完脉后，她轻描淡写地说了一句：“得慢慢养。”随后就开起了药方。

我也没多问，等刘大妈把药方开好，就拿着方子和吴婶一起离开了。

吴婶和我一前一后下楼梯时，从外面进来一个汉子疾步走上楼梯，他的脚步声很重，很快就在一二楼之间的缓步台处和我们来了个对头碰。那个汉子没看我和吴婶，只是低着头错过身子让出地方，意思是让我和吴婶先走。在和他错身而过的一瞬间，我瞥了一眼他的脸。

那是我永生难忘的一瞬间，虽然我和他已经六年多没有见面，虽然他已经从半大小子变成一个真正的男子汉，虽然他脸上惯有的英气不见了踪影，但我还是一眼就认出他来，我的大成哥。

“大成哥。”我脱口而出。

大成哥愣了一下，抬起头望着我，从嘴里缓缓说出两个字：“英子。”

事情来得太过突然，我抑制不住内心的翻腾，扑到大成哥怀里“哇”的一声恸哭起来。

我们就这样相拥在一起，过了许久，我感到有温热的液体划过脸颊，仰头发现是大成哥的泪水，这是我平生第一次看到他流眼泪。

最后，吴婶一个人走了，我留了下来，以大成哥媳妇的身份，我们虽然没有拜过堂，但在心里我早已认定自己就是大成哥的媳妇。

大成哥离开昌图归管处后，在一位战友的帮助下，来到大连起重机厂当了一名工人。他没有回平度的打算，我也只能嫁鸡随鸡，和他在南昌街 62 号安了家。

第十二章

胸膛的秘密

Chapter 1 2

大成哥的性情和在老家时相比，有了很大的变化，他变成了一个沉默寡言的人。白天去厂里上班，晚上回到家里就闷头写各种申诉信，那些申诉信不是石沉大海就是被打回厂里，没有一封起作用的。

慢慢地，大成哥也灰心了，不再写那些没用的申诉信了。可是他回到家里宁愿自己一个人发呆也不愿多说一句话。

夜里，我经常会被大成哥的梦话弄醒，我常常是一边听他说梦话一边流泪。从他的梦话中我能感受他曾经遭受过怎样的屈辱，特别是他的胸膛，像一摊烂肉挂在胸前。

即使我们是夫妻，我也很少能看到他的胸膛。我曾问过他，胸膛是不是被敌人严刑拷打过。他只回答了一句是他自己弄的，就再没多说一句话。后来，我在他的一封申诉信上看到了这样一段文字：

在一些变节分子的反复游说下，越来越多的战友在“誓死不回大陆”的请愿书上签了字，他们要到台湾国民党那里去。俺不能左右别人的想法，只能坚持自己的意志，一定要回大陆。于是，他们开始对俺们这些坚持回大陆的志愿军战俘进行毒打甚至残杀。有一次，俺又被他们打得昏死过去，等俺醒来时，感到胸口一阵刺痛，仔细一瞅才发现，他们竟然在俺的前胸刻上了“反共抗俄”四个字。俺愤怒到了极点，随手找了块尖石块，忍着剧痛把那四个字从俺胸前抹去，最后在血肉模糊中俺又一次昏死过去。

这些文字看得我字字扎心，我该怎样做才能温热大成哥那颗受伤甚深的心呢？我时常会思考这个问题，也恨自己身体不争气，不能外出工作减轻家里的负担。好在刘大妈的中药有些作用，经过几年的调养，我的身体渐渐有了起色。只不过，我的肚子一直没动静，这依然是那次落水留下来的后遗症。

只要有空，我就去教堂祈祷，祈祷主耶稣能赐予我一男半女为林家延续香火。

大成哥对这事儿倒是不着急，甚至是漠不关心。我好几次问他缘由，他都不回答。

后来有一次，他被我逼急了，愤然说道：“难道你希望咱们的孩子一出生就受歧视，长大了还要跟着爸爸一起挨整吗？”

我从来都没有想过这个问题。不知道该说什么好，只能沉默以对。

从那以后，我不再做任何和怀孕生子有关的祈祷，不敢再有过多的奢求，只希望一切能顺其自然。

也许是主耶稣觉得大成哥太可怜了，1960年春节刚过不久，刘大妈在一次给我号脉的过程中，竟然号出了喜脉。

我高兴极了，大成哥知道后表面上很平静，实际上他也挺高兴的，多年阴郁的脸上终于有了笑容。

但是很快，问题就来了。怀孕后我的饭量与日俱增，而且害口害得厉害，除了馒头外吃什么都吐。当时正赶上三年自然灾害，每个月定量供应的那点白面根本不够蒸几顿馒头的。

没办法，大成哥只好利用业余时间到海边捞鱼，然后再用捞到的鱼和别人换白面。尽量让我每顿饭都能吃上馒头，而他自己不是吃豆腐渣就是吃海菜窝窝头。

第十三章

离别的芬芳

Chapter 1 3

随着肚子日渐隆起，我越来越能吃，好在害口没那么严重了，其他的粮食也能吃一些，大成哥也不用那么辛苦捞鱼了。

即使是这样，粮食依然不够吃，每个月总有个一两天大成哥一天只能吃上一顿饭。好不容易坚持了近八个月，临近国庆节，我生下了一对双胞胎女婴。

我给她俩起名：林芬、林芳。小名就叫小芬和小芳，我要让她俩也记住当年刘芬芳和孙凯夫妇对她们母亲的救命之恩。

我和大成哥只高兴了一天，新的问题就出现了。我没有奶水，用了许多方法也没能在我那对乳头上挤出一滴奶。只好给两个嗷嗷待哺的孩子喂小米汤。小芳还好，小芬一喝小米汤就拉肚子。

我和大成哥急得像热锅上的蚂蚁却也无计可施，实在想不出法子，只好硬喂小芬小米汤喝，即使是上面喂下面拉也没办法，不能眼睁睁地看着孩子饿死。

仅仅过了几天，我就能明显感觉到小芬的哭声越来越弱，而且越来越难喂，她似乎连张嘴都很吃力，我不敢想接下来会发生什么事情。

一天晚上，任凭我怎么哄喂，小芬始终是喂一口进去马上又从嘴里流了出来。我欲哭无泪，紧紧抱着小芬，我知道她的时间已经不多了。大成哥在一旁喃喃道："这孩子命不好，不该投生在咱们家。"

这时，响起了两声敲门声，大成哥去开门，发现是他的工友，肖华军和杨若兰两口子。他俩是来看喜的，两人进屋后看到这般景象，赶忙从包里拿出两袋奶粉来，在大成哥的协助下，杨若兰动作麻利地冲了一碗牛奶。

当温热的牛奶触碰到小芬的嘴唇时，小家伙儿条件反射般地自动张开嘴巴，一碗牛奶很快就被她全部喝进肚子里，并且马上发出啼哭。看到孩子有了生气，我喜极而泣。

小芬又喝了一碗牛奶后睡着了，这是她自出生以来睡得最香甜的一觉，饥饿终于暂时远离了她。

正当我对肖华军和杨若兰的雪中送炭感动得不知道说什么好时，肖华军先开了口："我这个人大成是了解的，比较直，不喜欢绕弯子。我就直说了吧，我们来呢，一个是来看看弟妹和孩子，另一个是有件事想和大成、弟妹商量一下。我和你们嫂子结婚十年了，一直没有孩子，我们都非常喜欢小孩儿。大成也知道，今年厂里要调一批人去兰州支边，我和你们嫂子一起报了名，后天就动身。本来是没有这个打算的，最近这几天听说了你们的情况，我和你们嫂子也考虑了几天，我们想是不是可以带一个孩子走，和我们一起去兰州？今晚过来一看好像还真来对了。呵呵。”

肖华军自己干笑了两声后便不再言语，一双眼睛死死地盯着我的脸，我没想到他会说这些话，一时间怔住了。

大成哥也惊讶得嘴巴都合不拢了：“老肖，你的意思是俺这俩孩子你要领养一个？”

“不是领养，是像亲生的一样抚养。”肖华军坚定地说道。

“我不同意。”我的语气同样坚定。

肖华军：“弟妹啊，你这个当妈的心情咱都明白，可咱也得面对现实不是。”

杨若兰在一旁插话道：“对啊，弟妹，不是嫂子驳你们的面子，大成只是个二级工，一个月不到四十块钱，你身体又不好不能工作，在现在这个世道想一下子养两个孩子，根本不现实。我是四级工，老肖是五级工，况且兰州那边工资比这边还要高一些，孩子跟了我们保准衣食无忧，别忘了以后我们可就这一个孩子，还能亏待她不成？”

此后便是长时间的沉默，屋子里静得只能听见小芬和小芳均匀的呼吸声。最后还是大成哥打破了沉默：“你们把小芬抱走吧。”

“不行。”我脱口而出。

肖华军和杨若兰的脸上刚刚浮现出一半的笑容僵在那里。

杨若兰见状陪着笑脸说道：“弟妹，你也得为大成想一想啊。你怀孕后，可把大成累坏了，你看他现在瘦成什么样了，眼窝都陷进去了，颧骨那么老高，就是腿上有点肉还是浮肿的。不瞒你说，大成在厂子里晕倒好几回了，他肯定没告诉过你吧，大成太难了。”

看我低头不语，杨若兰又接着补充道：“就算你不为大成着想，也得为孩子想一想啊，孩子跟了我们，要吃有吃要穿有穿，还不会被人瞧不起……。”

“你瞎说什么呢！”肖华军打断了杨若兰的话头，同时瞟了大成哥一眼。

杨若兰自知失言，也有点不好意思，小声嘟囔道：“我没别的意思，就是想说孩子跟了我们各方面肯定要比在你们这儿好，难道你们两口子希望眼睁睁地看着孩子在你们手里死掉？”

杨若兰的这句话深深地刺痛了我，是啊，难道我和大成哥要眼睁睁地看着孩子死去？

“什么也别说了杨姐、老肖，你们把小芬抱走吧，替俺们好好待她。”大成哥悠悠地说道，他的眼眶红了。

“大成，你就放心吧。”肖华军一脸诚恳地说道。

杨若兰唯恐大成哥变卦，立即起身要去抱熟睡中的小芬，我下意识地将小芬抱起，紧紧搂在怀里，同时身子挪到炕里。搞得肖华军和杨若兰尴尬地站在那里，不知所措。

大成哥只好跪到炕上来抱小芬，我转过身子来躲避他的双手。许是我抱得太紧，把怀里的小芬弄醒了，她又开始哇哇大哭起来，也把一旁的小芳给吵醒了。小芳也跟着哭了起来，两个孩子的啼哭声回荡在屋子里。

“英子，你要冷静，这是在救孩子的命，应该为孩子感到高兴。”大成哥哽咽道，然后扳过我的身子，从我怀里使劲夺过小芬交到杨若兰怀里。

小芬离开我身体的那一刻，我感到整个人都空了，不禁发出撕心裂肺般的哀号。

肖华军和杨若兰两口子抱着小芬逃似的迅速离开了。

两天后，肖华军和杨若兰带着小芬坐上了开往兰州的火车，大成哥一个人去火车站送行，最后看了一眼小芬。

大成哥回来后告诉我，肖华军和杨若兰给我们留了一百块钱和五十斤粮票，被大成哥拒绝了，大成哥对他们说：“俺不是卖孩子。”

钱和粮票我们没留，但杨若兰在火车即将开动那一刻对大成哥说的那句话却永远印刻在我的心底。

杨若兰说：“咱们两家以后别联系了。”

第十四章

天上掉下个撒乌耳

Chapter 1 4

小芬走后，大成哥的话更少了，我也变成了郁郁寡欢的人。我无时无刻不在想念我的小芬，望着一天天长大的小芳，我时常会想，在遥远的兰州有一个和小芳长得一模一样的小姑娘，是否知道远方的母亲对她的思念！

我觉得是自己抛弃了小芬，这是我这辈子最大的罪过。每个主日我都会去教堂办告解赎罪，可告解完之后还是要承受那份良心的谴责，那种煎熬令人窒息。

保禄神父经常开导我，可我还是无法原谅自己，总是盼望有一天能和我的小芬团聚。为此，保禄神父专门为我改了一个新的圣名：玛利亚。

保禄神父说，圣母玛利亚也曾和耶稣失散过，她找了三天，最后终于找到了自己的孩子。保禄神父希望我也能像圣母玛利亚一样最后与自己的孩子团聚。

后来，教堂被强制关闭了，保禄神父也去世了，我失去了最后的精神寄托。对大成哥的批斗也愈演愈烈，我对这个世界充满了绝望。就在这时，主耶稣再度垂怜了我。

1968 年春天，我意外发现自己又怀孕了，我认为这是主耶稣的恩赐，从天上派下来一个孩子给我。

1968 年冬天，我生下一个男孩儿，我给他取名林凯，小名叫小凯，我也要让他记住当年刘芬芳和孙凯夫妇对他母亲的救命之恩。

生小芳那会儿，由于大成哥的反对，我没让小芳也领洗成为天主教徒。生下小凯后，我决定让小凯成为天主教徒。

可是，教堂关了，保禄神父也去世了，现实情况让我无所适从。思量再三，只好决定我自己先为小凯取一个圣名，待日后教堂恢复后再让小凯正式领洗。

取圣名这件表面上看起来很简单的事，却真真切切地难住了我。我想了无数个圣名都觉得不合适，最后我想到了一个好办法，小凯本身就是主耶稣派来的，应该把取圣名的事交给主耶稣。

我悄悄拿出了藏在柜子底下的《圣经》，打算随便翻一页，用上面出现的第一个人物名字做小凯的圣名。我随手翻了一页，在右手边那一页上从上往下找，很快就找到一个人物名字：撒乌耳。

这个人物以前听保禄神父介绍过，他是以色列第一任国王，后来由于违背天主的旨意，王位被别人取代，最后落得个自杀身亡的下场。撒乌耳本身不是圣人，人生结局也不好，我不太愿意用他的名字给小凯做圣名。遂在心里给自己找了个借口，原本只是想随便翻一页，并没有确定是从右手页上找还是从左手页上找。

于是，我又从左手边那一页上从上往下找，没想到第一个出现的人物名字依然是撒乌耳。

我一下子醒悟了，这是主耶稣的旨意，我不能违背，不管我个人意愿如何，小凯的圣名只能是撒乌耳。

我随后详细查看了《圣经》上关于撒乌耳的记载，知道撒乌耳是一个美男子，心里总算得到了些许宽慰……

第十五章

祭台前念古词的修女

Chapter 1 5

从两个掌心传来的剧痛已经让我无法继续读下去了，更重要的是凯瑟琳就是保禄神父日记上的玛利亚，林凯本人就是撒乌耳，这两个信息像两记重锤一样猛击了我的心田。

我对安云英心生埋怨，为什么在堂区重新登记名录时用旧的圣名登记？是因为习惯了吗？还是忘记了保禄神父曾亲自为她改过圣名？

不管她是出于什么想法，都造成了这位保禄神父日记上的人，这么多年来就在我自己的眼皮底下，我竟然一次牧灵辅导都没有为她做过，这是我无法释怀的事情。

我很久没看见安云英了，她现在人在哪里呢？

还有撒乌耳，他自己就是林凯，又为什么要以旁观者的身份向我告解呢？他现在人又在哪里？

要揭开这些谜团，只能走出去。我直接去找了之前见过的那个小脚老太太，原来她就是刘大妈。

很快我就搞清楚了整件事情的来龙去脉，林芳和安云英分别在 1992 年 8 月和 1997 年 7 月去世，安云英去世后林凯的精神就开始不正常起来，于 1997 年 9 月末的一天夜里杀死了自己的妻子杜娉婷。

林凯最后两次告解的内容是他发现了杜娉婷和宋卫强之间的信，他最后一次到教堂办告解是 1997 年 9 月 21 日，他当时对我说他要亲自去南昌街 62 号一探究竟，没过几天杜娉婷就被杀了。

导致杜娉婷被杀是因为林凯发现了杜娉婷和宋卫强的阴谋吗？表面上看好像是这样，但也有很大的可能是林凯神经错乱失手误杀了杜娉婷。因为别人不知道，我心里是清楚的，林凯的精神出现问题并不是由于母亲安云英的去世，而是长期服用苯勃纳的后果。

这在 1997 年 8 月 2 日杜娉婷写给宋卫强的信中，有着非常明确的记录，那时的林凯已经出现了有人要杀他的严重幻觉。

我越想越觉得这就是林凯杀人的直接原因，神志不清的他正被羁押在看守所里，完全丧失了为自己辩解的能力，帮助他对我来说是责无旁贷的事情。

于是，我亲自到公安机关为林凯作证，经过一番周折，林凯最终被无罪释放。后来我通过其他渠道得知，通过一段时间的治疗，林凯的神志恢复了正常，过上了平静的生活。

林凯再也没有来过教堂，从严格意义上讲，他并没有正式领过洗，不能算作真正的天主教徒，更没有办告解的资格，不来教堂是可以理解的。林凯也没和我有过任何其他形式的联系。

当然，这些并不重要，重要的是虽然我没能给安云英本人任何帮助，却拯救了她儿子的命运，这就足够了，我的心里多多少少得到了一点点安慰。

终于可以在保禄神父日记里玛利亚的名字上画十字架了，还剩五分之三的任务等待我去完成。这些年来虽然挫折不断，但我励志完成保禄神父遗愿的信念，始终不曾动摇。

2007 年 9 月末，堂区新来了一位圣名叫特蕾莎的修女，我对她的第一印象特别不好。

那天已经很晚了，我外出归来，刚进入堂区大院，隐约听到主堂里有人说话的声音。我抬手看了看手表，快十点了，往常这个时候主堂早就锁门了。

我上前几步拉开了主堂的大门，悄悄走了进去。主堂没有开灯，里面漆黑一片，猛一进去什么也看不清，只能听见一个女人的声音回荡在空气中。

“……千里孤坟、无处话凄凉。纵使相逢应不识、尘满面，鬓如霜。夜来幽梦忽还乡。小轩窗，正梳妆。相顾无言，唯有泪千行，料得年年断肠处，明月夜……”

我摸开了主堂里的灯，在灯光开启的一瞬间，那个女声也戛然而止。一个穿戴着黑色修女服饰的人站在祭台前茫然地望着台下的我。

“您是王神父吧，我是修会新调来的修女特蕾莎，今天下午刚到咱们堂区。”

特蕾莎修女的牙特别白，站在台下就能清楚地看到，可我对她却没什么好感。祭台是无比神圣的，一位修女面对祭台念古词而不是诵读经文，这是我无法接受的。

“这么晚了，早点休息吧。”我冷冷地说完这句话之后，就转身离开了主堂。

让我意想不到的是，在随后的日子里，特蕾莎修女竟然和我成了好搭档。我们相辅相协解决了很多难题，她给予我不少帮助，我也为心结颇深的她做过无数次牧灵辅导。

第十六章

你是谁？

Chapter 1 6

2017 年 10 月 18 日是中共十九大召开的日子，按照上级要求，上午九点，我组织大连堂区全体人员在会议室收看十九大开幕会。

刚看了半个小时，身旁的亚西修女忽然附在我耳朵上低声说道：“王神父，特蕾莎修女不太对劲儿，看来又需要你给她做牧灵辅导了。”

我回头看了一眼坐在最后一排最左边的特蕾莎修女，只见她正用空洞的眼神呆呆地看着前方。我起身悄然走到她身旁，她都浑然不觉。

我注意到，特蕾莎修女右手无名指上空空如也。修女如果发过永愿，就代表她荣幸地成为天主的妻子，要将自己的一生全部奉献给天主，右手无名指上需要常年戴着戒指，除了洗澡之外不能轻易地把戒指摘下来。

特蕾莎修女就是发过永愿的修女，凭借我对她多年的了解，她右手上的戒指一旦不见了，就意味着我要给她做牧灵辅导了。

我把特蕾莎修女领到我的办公室里，先让她在我的办公桌前坐下后，我才缓缓坐到自己的位置上。我没有急于说话，我们俩就那么静静地坐在那里对视起来。

这些年来我为特蕾莎修女做了无数次牧灵辅导，每一次的流程都差不多，对于每一步该做些什么我早已驾轻就熟。

特蕾莎修女的眼神渐渐迷离，我估摸着时间差不多了，突然开口问道："你是谁？"

特蕾莎修女先是愣了一下，然后嗫嚅着说道："我……我……我是杜娉婷。"

还记得第一次为特蕾莎修女做牧灵辅导时，她一开口就令我目瞪口呆。可如今的我再听她这么说，已经没有了一丁点儿的新鲜感。我只需要按流程继续往下进行就可以了。

"那好，告诉我你的故事吧。"我轻声说道。

接下来，特蕾莎修女用深邃的目光直视前方，悠悠地开始了自己的讲述……

1984 年 9 月，我正式成为一名高中生，报到那天，天空中飘着蒙蒙细雨，我特意穿了一件红花格子的的确良短袖衬衫。由于途中自行车胎被扎了，临时去补了补胎，耽搁了不少时间。

等我赶到操场时，各个班都集结完毕了，一个学校领导模样的人正在前面手拿大喇叭讲着话，每个班的具体名单就贴在他身后的墙上。我不知道自己到底被分到了哪个班，也不好意思上前去看那份名单，一时进退维谷，站在那里不知所措。

这时我听见人群中有人低声喊我的名字，循声望去，看到初中同班同学刘惠在一个班的最前头冲我挥手。

“娉婷，快过来，你在这儿。”

我赶紧快步走过去和刘惠并排站在一起，没想到我和她高中还能分到一个班，我们俩都很开心。

站定后，我回头朝后面望去，想看一看还有没有其他熟悉的面孔。大多数同学都拿着雨伞，我的视线被严重遮挡，只能看到前几排同学的脸。不过，那个穿着红雨衣的男生还是被我一眼就认出来了，他就是林凯。

我和林凯小学和初中都是同校不同班，印象中他总是穿着女孩儿的衣服，眼前这件红雨衣恐怕也是他姐姐穿剩下的。

算起来，我和他颇有渊源，我们两家离得非常近，只有一街之隔，他家在南昌街，我家在泰安街，算是邻居。林凯的爸爸去世一年多了，除了他之外，家里只剩妈妈和姐姐，这一点和我家有点类似，我爸去世得早，大姐前几年嫁到天津去了，家里除了我之外，只剩下妈妈和在小学当音乐老师的二姐。

另外，林凯的妈妈和我妈妈都是天主教徒，经常结伴去教堂参加弥撒。小时候，我妈妈还带我去过他家。以前他爸爸总挨批斗，有时候他和他妈妈、姐姐还要跟着一起挨斗。

我印象很深刻，尽管那会儿林凯还是一个小孩子，但他和他的妈妈、姐姐一样坚强，从来不哭。有时看到自己的爸爸挨打，他还会上前阻拦，他总被推倒在地上，有好几次同样也还是个孩子的我主动上前将其扶起。

可是即便是这样，他和我也从未说过一句话，以前在学校时我俩照面时最多是彼此点点头。

林凯的手风琴拉得非常好，他习惯只在自己家里拉琴。尤其是夏天的时候，晚上只要路过他家窗下，总能听到悦耳的手风琴声响起。我最愿意听他拉苏联歌曲《小路》，那委婉悠长的旋律每次都让我驻足很久。

如今我和林凯竟然成了同班同学，看来我们的缘分还真是不浅。

从操场往教室走的过程中，我又看到了几张老面孔，朱玲、宋卫强、方丹、刘蔚莎，都是我初中的同班同学。

我还注意到一个十分出挑的女孩儿，她的秀枝头格外引人注目，修长的身姿丰盈窈窕，再配上白色的连衣裙给人一种清澈透明的感觉。她的脸像天上的满月，她的双眼似墨玉深潭，她的鼻子如悬胆一般恰到好处地挺立在脸中央，脸颊两侧的酒窝若隐若现。

总之，我觉得一个女孩子最好的长相，就应该是她这个样子。我一连问了好几个认识的同学，才知道这个女孩儿的名字叫沈茹。

报到结束后，我骑上自行车往家走，远远地看到前面独行的林凯，雨已经停了，他身上还穿着那件红雨衣。待我经过他身旁时，我停下车子，平生第一次和他说话。

“林凯同学，需不需要我带着你？”

林凯微微一笑：“不用了，谢谢。”

我推想他可能是不好意思让女生载着的样子被别人看到，于是又说道：“如果觉得不好意思，你来骑，我坐后面。”

林凯摆了摆手：“真不用了，谢谢你。”

我讨了个没趣，只好讪讪地自己一个人骑着自行车回家了。

一回到家里，我就来到立柜上的镜子前端详起镜子里的自己来。一头乌黑的秀发披在脑后，额前一溜蓬松的刘海儿，柳叶眉配上丹凤眼，细高的鼻梁被一张檀口接住，我自认为自己的相貌并不差。可在脑海里自动将自己的五官和沈茹的五官逐一做了一番对比后，发现自己一无是处。

特别是一张嘴，看到自己那一口灰色的四环素牙时，立即没了继续对比下去的兴致。

晚上等二姐下班回家后，我央求她也帮我剪了一个秀枝头。可是，等第二天到学校后我才发现，自己完全是作茧自缚，等于主动让自己和沈茹站在同一个平台上接受别人的比较，没等到中午就在自己脑后扎了一个小马尾，又换了一个新的发型。

尽管如此，我对沈茹的美也没有一丝嫉妒，更多的是一种欣赏。我对她有一种天生的好感，愿意和她亲近。她为人十分随和，没过多久我俩就成了亲密无间的好朋友。

我俩的共同爱好很多，首当其冲的就是都爱看琼瑶的爱情小说。不同的是，沈茹只在课余时间看。而我则不管是课上还是课下，只要看上瘾了必须一口气看完。

有一次上语文课，我几乎整堂课都在底下偷看琼瑶的《我是一片云》，整个人完全沉浸在小说女主人公段宛露跌宕起伏的命运里。

正看得如痴如醉时，身旁的同桌宋卫强忽然用胳膊肘儿顶了我胳膊一下，我刚要嗔怪他。一抬头就听到了语文老师的声音："杜娉婷，杜娉婷。"

我霍地一下弹了起来，一脸茫然地望着语文老师，语文老师姓何，是一个四十多岁的中年妇女。

只见何老师正用轻蔑地目光看着我。

"杜娉婷，你来回答这个问题。"

我只知道当堂课讲的课文是茹志鹃的《百合花》，至于何老师问的问题根本没听见。

我斜睨了宋卫强一眼，希望他能给我提提词儿，他成绩不错，我考试经常抄他的，他也一贯愿意在这方面帮助我。可他这人有一个毛病，说话结巴，人送外号"宋科长"，一着急更是说不出话来。

此时他就是这种状态，明明看到他的嘴已经悄悄张开，却怎么也发不出声音来。我不禁在心里骂他没用。

好在这时身后有其他人为我提词儿，听声音我知道是刘惠。我听到她轻声说了一个字："4。"

我看到黑板上有四行字，每行字开头都有一个阿拉伯数字，从 1 到 4，一共四句话。便想都没想直接作答道："我选择 4。"

"你为什么不选择 3 呢？"何老师问。

"因为，因为 3 不对。"我信口道。

我刚回答完，教室里响起了哄笑声，我不明所以地看了一圈周围的同学。

何老师一直没有笑，只是定定地看着我，一步步缓缓向我走来。等走到我跟前了，才用手指了指黑板说道："你好好看看黑板，第 1 题写的是什么。"

我这才认真看了一遍黑板上的那四句话，原来是四道问题，第 1 题是这样的：通讯员一个人去借被子时，年轻媳妇是不是真心不想借被子给他？

何老师又点名让柳青回答这个问题。

柳青高声回答："是。"

何老师："为什么？"

柳青："因为年轻媳妇刚过门三天，那条新被子是她唯一的嫁妆，她不舍得借给别人。"

何老师："好，坐下。"

其实刘惠给我的提词是正确的，可我忽略了一点，刘惠初二时才从省内别的城市转学到大连，她的口音里不会说翘舌音。她想告诉我的是“是”，我听成了“4”，误以为何老师问的是一道选择题。

最后，何老师没收了那本《我是一片云》，我在心里暗暗叫苦，还差几页就看完了。也觉得十分对不住沈茹，书是她从外面借的，她自己才刚刚看了个开头。

天气渐渐冷了起来，教室里需要生炉子取暖，值日生每天又多了一项生炉子的任务，这对我们大多数人来说没有任何难度。不过，并不是所有人都能把生炉子这件事做好。

这天早上，我刚拐上二楼就被走廊里的煤烟味儿呛到了，我忍不住捂住口鼻定睛一瞅，发现煤烟味儿是从我们班教室飘出来的。

等我来到教室门口时，里面已是浓烟滚滚，咳声阵阵。大家伙儿纷纷逃出教室，直到正式上课时教室里的烟还没有彻底散去。

原来，这天轮到沈茹值日，她家住的是楼房，冬天用暖气取暖，她从未生过炉子。沈茹本以为生炉子不是什么难事，简单了解了一下生炉子的基本流程后，就直接上手操作了。殊不知，生炉子不是那么容易的事情。沈茹鼓捣了半天，炉子始终没能生起来，反倒把教室里弄得乌烟瘴气的。

弄清楚事情的原委后，大家伙儿并没有责怪沈茹，反倒是她自己哭个不停，一个劲儿地说对不起。

班上一共 22 个同学，每天排一个值日生，我暗暗估算了一下沈茹下一次值日的日期，打算到时候早点去教室帮她生炉子。

很快，这一天就到了，早上六点半刚过，我就来到学校。上楼时，身后传来轻盈的脚步声，由远及近。在那个脚步快要超过我时，我侧头望了一眼，发现是林凯。

“哟，来得这么早啊。”我说。

“你不也是嘛。”林凯回应道。

随后，我和他并肩而行，在我们俩共同步入教室时，被眼前的一幕弄愣了。只见张超正往炉子里加煤块，人高马大的于国栋蹲在地上用火钩子反复掏着炉子下层的炉灰，沈茹一脸感激地站在一旁看着张超和于国栋的一举一动。

很显然，炉子已经基本生好了，我顿觉自己的一片好心完全是多余的。张超和于国栋是班里有名的迟到分子，这个时候竟然出现在教室里帮助沈茹生炉子，不得不感叹漂亮的女孩儿就是好。

于国栋的动作明显有些夸张，我忍不住对他说道：“别掏啦，再掏炉子就漏啦。”

于国栋这才停止掏炉的动作站了起来，还不忘装模作样地对沈茹说道：“多掏一掏，通气，火就旺。”

沈茹忙不迭地点头。

我高声向沈茹打趣道：“本来还想着早点来帮你生炉子呢，想不到……”

我意味深长地向张超和于国栋的方向瞟了一眼，后半句话也就不说自明了。沈茹立即羞红了脸，垂下了头，眼睫毛显得更长了。

“沈茹，你闭上眼睛别动啊。”我说。

“怎么了？”沈茹好奇地问道。

“我想看看你的眼睫毛到底有多长。”我回答道。

沈茹闭上了眼睛，我迅速拿过炉子旁的一盒火柴，小心翼翼地将火柴一根一根地摆放到她的眼睫毛上，最后一共放了五根火柴。

在众人的赞叹声中，我拿下那五根火柴，沈茹缓缓睁开眼，不好意思地冲大家伙儿莞尔一笑。

早自习快结束时，教室里的广播响了。

“高一（二）班的杜娉婷同学到传达室来一下。”

当我在传达室看到自己那双白胶鞋时，才恍然想起，今天要上体育课，早上走得太匆忙，胶鞋忘带了。是二姐帮我送来的，她着急上班把鞋直接交到学校传达室就走了。

我拿着鞋上楼，上了五六级后迎面碰上宋卫强，他正和张超一前一后提着饭筐去伙房送班里的饭盒儿。我没和他俩打招呼，直接闪开身从另一侧上楼。

谁知宋卫强竟冲我这边斜插过来，他身后的张超没及时跟上节奏导致饭筐脱了手，宋卫强也没能拿住饭筐的另一头，装着全班同学午饭的饭筐就这么顺着楼梯往下跌落。

最后彻底掉到楼梯下才停住，好在没翻，只有最上面的一个饭盒儿被颠了出来，侧倒在地上，盒盖儿分离，里面的菜撒了一地。

“你……你……你，你这人，见人怎……怎……怎么……不……不叫人啊。”宋卫强冲我嚷嚷道。

听他这么说，我觉得又好气又好笑。

“谁规定的见你必须打招呼，整天一个桌坐着，烦都烦死了。”

“那也得打……打……打招呼，这是……礼……礼……礼……”

“礼你个头啊。”

我和宋卫强这边争执着，张超那边已经走到楼梯底下。

张超捡起掉落在地上的饭盒盖儿看了看，说道：“是林凯的饭盒儿。”

张超说着又弯下腰伸手去捡饭盒儿，我想起他的手没事就爱挤脸上的粉刺，赶忙叫停了他手上的动作。自己走过去拾起林凯的饭盒儿，林凯带的菜是炒萝卜丝，一大半都撒在地上。

我从饭筐里找出自己的饭盒儿，打开后将自己带的西红柿炒鸡蛋全部倒进林凯的饭盒儿里。

宋卫强像是抓到我把柄似的得意道：“看看，还是理……理……理亏吧……”

我可没耐心听他把话全讲完，自顾自地上楼回教室去了。

第十七章

《莫斯科郊外的晚上》

Chapter 1 7

临近元旦，学校要举行新年联欢会，要求每一个班都出一个节目。

我们班主任栾老师是一位五十多岁的老头儿，对这事儿本来不太上心，可当他听说林凯会拉手风琴后，立马来了精神。忙问大家伙儿谁会唱《莫斯科郊外的晚上》或者《喀秋莎》。

经过一些同学的“检举”，沈茹被推了出来。沈茹分别清唱了《莫斯科郊外的晚上》和《喀秋莎》，栾老师都挺满意的，嘱咐林凯第二天务必带手风琴到学校来。

第二天早上栾老师一进教室就先让林凯单独拉了一遍《莫斯科郊外的晚上》和《喀秋莎》，林凯的手风琴水平让栾老师惊喜不已，连忙让沈茹和林凯试着配合一次。

在林凯的手风琴伴奏下，沈茹的歌声更加悦耳动听。她刚一唱完，栾老师情不自禁地带头鼓起掌来，教室里很快响起了热烈的掌声。

经过一番艰难的取舍，栾老师最终选定《莫斯科郊外的晚上》这首歌参加学校新年联欢会。

这下可累坏了林凯和沈茹，在栾老师的高度重视和亲自监督下，两人一天三练，时间段分别是早上正式上课前、午休和下午放学后。经过一番侧面了解，我们得知栾老师50年代曾在苏联留过学，对苏联歌曲有着很深的情结。

在林凯和沈茹合练时，栾老师比他俩还要投入，常常不由自主地跟着哼唱，手上还打着节拍，完全陶醉其中。林凯和沈茹也是珠联璧合，越练越默契，他俩合练的时候总能引来很多其他班级的同学围观。

一天中午，我们班教室的前门和后门又因为林凯和沈茹的合练被围观的同学堵得严严实实的。栾老师坐在讲台前闭着眼睛，跟着旋律轻声哼唱着。

“停停停，别唱了，别唱了。”

一个五十多岁的小老太太费力地从前门挤进教室，大声叫嚷道。她是我们学校的教导主任，因为姓刘又总戴着一副只剩一条腿的黑框眼镜，同学们背地里都叫她“刘一腿儿”。

林凯和沈茹停止了练习，刘一腿儿径直走到栾老师面前质问道：“栾老师，你也是老同志了，怎么连这点政治觉悟都没有！苏修过去可是没少坑咱们，现在这么大张旗鼓地唱苏修的歌，你觉得合适吗？”

栾老师像一个美梦刚被吵醒的小孩子一样，用极不耐烦的口气回应：“歌儿又没坑咱们，怎么就不合适了！”

紧接着，刘一腿儿继续在这个问题上喋喋不休，栾老师据理力争，毫不示弱，最后刘一腿儿悻悻地转身走了。

栾老师盯着刘一腿儿的背影大声说道：“林凯、沈茹你们接着练，大点声。”

教室里旋即又响起了《莫斯科郊外的晚上》的旋律。

一天晚饭后，妈妈让我去林凯家给林凯妈妈送一本新版的《圣经》，我一进入林凯家楼洞里就隐隐约约听到《莫斯科郊外的晚上》的旋律。不用问，肯定是林凯在家自己苦练呢。

我来到二楼林凯家门前，轻轻敲了两下门，给我开门的是林凯的姐姐林芳，我叫她小芳姐。

一见是我，小芳姐热情地把我拉进屋里。

“小凯，杜娉婷来啦。”小芳姐冲林凯那屋喊了一嘴，没得到回应，《莫斯科郊外的晚上》的旋律仍然在继续。

“真不好意思，我家小凯就这样，一拉上琴什么都忘了。”小芳姐解释道。

我摆了摆手道：“没事儿，我妈让我来给婶儿送一本新版的《圣经》。”

把《圣经》交到林凯妈妈手上后，我和林凯妈妈简单寒暄了几句后就一个人来到林凯那屋。

林凯坐在椅子上专注地拉着《莫斯科郊外的晚上》。他的两个肩膀随着旋律的变化张张合合，头也跟着有节奏地晃动。对于站在他面前的我视而不见，全然进入一种忘我的境界。

这是我第一次这么近距离地听他拉手风琴，也是第一次认真端详他的面庞。林凯其实挺英俊的，像极了《庐山恋》里的耿华，可能是从小就和他认识的缘故吧，这么长时间居然没发现这一点。

《莫斯科郊外的晚上》的旋律终于结束了，林凯这才抬头问我："怎么样？好听吗？"

我笑着点了点头，林凯又低头开始拉手风琴，我一听前奏还是《莫斯科郊外的晚上》。

"拉一首《小路》吧。"我淡淡地说道。

林凯手上的动作停了，一脸疑惑地望着我。

"咦？你怎么知道我会拉《小路》？"

我一时语顿，过了片刻才掩饰道："我看你拉苏联歌曲都挺溜的，猜你一定也会拉《小路》这首歌。"

在听过我的释疑后，林凯微微颔首。然后认真拉起《小路》来，慢慢地，我像栾老师一样，整个人彻底陶醉在林凯的琴声中。

1984 年 12 月 31 日下午一点，学校新年联欢会在校礼堂正式举行。我们班的节目排在第三个出场，栾老师不知从哪里搞来了两套苏联学生穿的校服，一套男生穿的，一套女生穿的，两套都是深蓝色的。

男生那套还有肩章和臂章，领口是西服式的，有点像军装，林凯穿在身上挺合体的，显得英姿勃发。

男式校服很容易就穿上了，那套女式的校服是一个罩裙，穿起来就麻烦多了，由于扣子全在背面，沈茹特意喊我去后台换衣间帮她换衣服。在帮沈茹系扣子时，我发现她的身体颤抖不已。

“冷吗？”我轻声问道。

沈茹背对着我回答道：“还行，就是有点紧张。”

我一面安慰了她几句一面帮她系好了扣子，罩裙沈茹穿着有点大，看起来松松垮垮的。在罩裙外面还要再套上一件白色的背心裙，头上还得戴上两朵白纱花。全部穿戴完毕后，我发现这套校服全然埋没了沈茹本身的气质，她看起来就像一个佣人一样。沈茹自己并没有意识到这一点，我也没忍心告诉她。

前两个节目很快就表演完了，报幕员回到台上用宏亮的嗓音报幕：“下一个节目是高一（二）班为大家带来的苏联歌曲《莫斯科郊外的晚上》，由沈茹独唱，林凯手风琴伴奏。请大家欣赏。”

在热烈的掌声中，林凯和沈茹走到台上。两人站定后先给台下的观众深深地鞠了一躬，然后才正式开始表演节目。

林凯的伴奏缓缓响起，大家静静地等待沈茹接下来的演唱，谁知歌曲的前奏已经结束了，沈茹还没有开始唱。

只见沈茹双手握拳站在那里不知所措，这时台下响起了骚动声。林凯手上不能停，他侧头看了一眼沈茹，然后在没有麦克风的情况下跟着节奏高声唱道：“夜色多么好，令我心神往，在这迷人的晚上。”

歌曲的第一段就这么不完美地结束了，还好第一段和第二段之间的间奏较长，我以为等第二段开始时沈茹一定能调整过来。没承想，第二段开始时沈茹的声音还是没有出来，林凯见状只好又自己唱了起来。

一直到这首歌结束时，沈茹始终站在台上没有发出任何声音，是林凯一个人自弹自唱演完了这个节目。

在台下观众稀稀落落的掌声中，林凯站起来朝台下鞠躬，沈茹则转身直接跑到了后台。

沈茹在后台哭成了泪人，栾老师和林凯，还有我们几个女同学不停地安慰她，我注意到沈茹身上的罩裙竟然湿透了，真没想到她会紧张成这样。

第十八章

刻在梧桐树上的字

Chapter 18

期末考试结束后没过几天就放寒假了，高一上半学期也正式结束。尽管我的期末考试成绩不太理想，但能收获沈茹这样一个好朋友，让我觉得高一上半学期过得很充实。

正当我憧憬着高一下半学期的到来时，意外发生了。

按惯例，每年过完年我都要到上海的姑姑家住一段日子。1985 年的春节较晚，2 月 19 日才过大年三十。我在 2 月 23 日大年初四下午赶到姑姑家，本打算住到 26 日就走，结果临走前一天在和姑姑家的表弟骑自行车追逐嬉闹时，不小心摔断了右小腿的胫骨，直接在上海的医院接受治疗。

大连一时半会儿回不去了，新学期也泡汤了，只得暂时办理休学。

上海养病期间，我除了用看爱情小说打发时间外，偶尔也和沈茹通通信，了解一下彼此的最新情况。

4月上旬的一天，我又收到了一封沈茹寄来的信，与信一起寄来的还有一封写给沈茹的情书，情书是匿名的，沈茹让我帮她看一看，能不能看出来是谁写的。

情书上的字迹十分幼稚，明显是故意为之，我一连看了两遍没有任何有价值的发现。当我看第三遍的时候，我注意到里面的一句话：我总是会为新一周的到来黯然神伤，因为这意味着一整天我都看不到你。

这句话表面看起来似乎有矛盾，按照我们中国人的习惯，新一周的开始是星期一，这一天是要去学校上学的，怎么会一整天看不到沈茹呢？一个星期七天，只是星期天休息的这一天是一整天看不到沈茹的，唯一合理的解释就是写情书的这个人说的新一周的到来指的是星期天。

据我以前从妈妈那里了解到的信息，以星期天为一星期的开始是西方的习惯，尤其是天主教，以主日作为新一周的开始。

这样看来，写情书的人很可能是天主教徒或者生活环境里有天主教徒。我脑海里自动浮现出一个人来，没错，他就是林凯。

听我妈妈说，林凯的妈妈并没有让林凯领洗，也从不带他去教堂，但在一些生活习惯上却一直以天主教徒的标准来要求林凯，林凯在这方面对妈妈也是言听计从，从不做出格的事。

我自己也说不清为什么，意识到林凯就是写情书的人，我有一种异样的感觉，就像心弦被人轻轻拨动了一下一样。

在我给沈茹的回信里，我并没有直接告诉她写情书的人是林凯，而是让她找一个星期五午饭带红焖羊肉。我猜测全班只会有一个男生不上前去吃羊肉，这个不去吃羊肉的男生就是写情书的人。

这个方法的依据是按照天主教的习俗，教徒要在星期五守斋戒，全天不能吃肉。这么做与其说是为了进一步明确我的判断，倒不如说在我的潜意识里还抱有侥幸心理，希望写情书的不是林凯，而是另有其人。

我那天的心情十分低落，草草给沈茹写完回信后就去医院做康复治疗了。由于心烦意乱，机械训练做得很不好，没做一会儿就失去了耐心，我索性拄着双拐到医院的院子里转悠起来。

转悠了一会儿，我在院子中央那棵巨大的梧桐树前驻足，梧桐树的树干上被人刻了许多字，几乎全是祈福类的文字。

我随手从裤兜里掏出钥匙，也在树干上胡乱刻了起来。因为心不在焉，我手上的动作完全是无意识的行为，我并没有注意自己在树干上刻的到底是什么字。

直到全刻完了我才看清自己刻的字：林凯、杜娉婷，1985 年 4 月 7 日。我心下一惊，同时也恍然大悟，原来我是喜欢林凯的。

再次收到沈茹的来信，是在半个月之后。她依照我教给她的方法找出了写情书的人，果然不出我所料，正是林凯。

虽然早就有思想准备，可是，当我在沈茹的信上看到林凯的名字时，心情还是在一瞬间跌落到谷底。

7 月中旬，我回到了大连。整整一个暑期，沈茹每天都来我家帮我补课。我们的关系并没有因为五个月的分别而产生一丁点儿的疏远，反而更加亲密了。

只不过，在和沈茹面对面时，我经常会走神儿，特别是听她讲对于我来说像天书一样的立体几何时，我会定定地盯着她那张近乎完美无瑕的脸，好半天才眨一下眼睛。

那个暑假，我和林凯没见过面。按理说，我想见他很容易，可是我自己也说不清楚是不愿见他还是其他什么原因，反正林凯一次也没有出现在我的视线里。

再一次见到林凯是在新学期正式开始前的召集日。那天早上，暂时还不能骑自行车的我步行去学校，路过林凯家那栋楼时，正巧林凯从楼洞里出来。

“你的腿没事了吧？”林凯用他那特有的浑厚嗓音向我问道。

“嗯，快好利索了。”我淡淡地回答道。

接下来，我们俩并肩而行。半年多没见林凯，他长高了不少。我侧头打量了一番林凯，发现自己的头顶现在已经不及林凯肩膀的高度了。

很奇怪，在知道林凯喜欢沈茹后，或者说在知道自己喜欢林凯后，我和林凯单独在一起时没有以前那么自然了。

林凯这个人本来话就不多，过去我和他在一起的时候，我总是话题的发起者和引导者，即使偶尔没话讲也不会觉得冷场。

这一次，我俩一路相对无言，我感到浑身不自在。直到在校门口遇到沈茹时才打破了这种尴尬的局面。

“娉婷。”

我听见身后是沈茹的声音，立即停住了脚步转过身来迎她。沈茹快跑了几步来到我面前，这时她才发现站在我身旁的人是林凯。她朝林凯点了一下头后，迅速将视线转移到我身上，挽上我的胳膊把林凯甩在了身后。

林凯一直跟在我俩身后，进到学校走到楼梯口时，我停住了，走了那么远也有点累了，我打算歇一会儿再上楼。

林凯以为我出了什么状况快步追了上来询问情况，当得知我的意图后，沈茹想留下来陪着我，我推说没事让她和林凯一起先上楼了。

在他俩一起上楼时，我望着他俩的背影出神，还专门留意了一下他俩的身高差，沈茹差不多能到林凯的耳垂那里，在我的审美里，情侣之间最理想的身高差就是沈茹和林凯这种。不知不觉间，我又开始自惭形秽起来。

第十九章

红色高跟鞋

Chapter 1 9

回到家后，我做的第一件事就是来到立柜前。身体紧靠着立柜站直，先用右手掌摁住头顶，再将右手沿水平线卡到立柜上。

立柜上从下往上有很多条横线，是我从小到大的身高记录，我已经很久没有量过自己的身高了。和我右手对齐的那条横线是最上边的一条，横线旁边写着 1.58 米。

在确认自己这几年再未长高后，我像霜打的茄子一样蔫了，并且为此郁闷了好几天，直到我看到二姐新买的那双红色的高跟鞋之后。

我和二姐没客气，直接开口向她借高跟鞋穿，她倒也干脆，想都没想就直接拒绝了。我又厚着脸皮磨了二姐好几次，她始终不同意把高跟鞋借给我穿。

二姐工作的小学离家要比我上学的学校远一些，早上大多数时候，她不论是起床、吃饭还是离开家，每个环节都要先我一步。想要神不知鬼不觉地把她的新高跟鞋穿走，只能比她起得早。

那天早上还不到六点我就醒了，我一边蹑手蹑脚地穿好衣服，一边关注着对面床上二姐的一举一动，她睡得正香。

我穿完衣服后悄悄下了床，挎上书包，眼神仍然一刻也不敢从二姐的身上挪开。我怕弄出动静来，早就在心里盘算好了，先穿自己的鞋，再拿上二姐放在门口的高跟鞋到外面换上。

谁知我还没来得及穿上自己的鞋，睡梦中的二姐翻了个身，我紧张得要命，光着脚提起二姐那双高跟鞋就出门了。

就这样，我没洗脸、没梳头、没刷牙、没吃早饭、光着脚来到外面。二姐的脚比我稍小，我俩的鞋码差一个号。我好不容易才把自己的双脚塞进高跟鞋里，身高顿时高了五六公分。

由于是第一次穿高跟鞋，我十分不适应，加上挤脚，我右腿的伤又刚痊愈没多长时间。我走起路来的姿势一扭一扭的要多难看有多难看，我走不快也不敢走太快，生怕崴了脚，那样麻烦就大了。

我还担心二姐起床后发现高跟鞋不见了会追上来，故意选择了一条绕远的路去学校。所以虽说我出门比平时早很多，但真正来到学校的时间比平时还要稍晚一些。

不过，当我步入教室那一刻，脚上的这双高跟鞋还是立即让我成为大家关注的焦点。众目睽睽之下，我必须装作非常自然的样子，不能让大家看出别扭的感觉。

路过沈茹的座位时，看到她正闷闷不乐地趴在桌子上，我在她身旁坐了下来。

“怎么了？沈茹。”我问道。

“昨晚你看《上海滩》了吗？”沈茹愁容满面地问我。

“看了呀，怎么了？”

“冯程程为什么要嫁给丁力！昨晚许文强离开教堂时的眼神太让人心疼了。”沈茹幽怨道。

我知道沈茹说的是电视剧《上海滩》，冯程程和丁力在教堂里举行婚礼，许文强赶到现场的那一幕情景，昨晚电视台刚播的。

沈茹就是这样一个多愁善感的女孩儿，她常常会为小说里、电视剧里某个伤感的情节难过好几天。

“你又陷进去了，电视剧都是假的。”我劝慰道。

“现实中呢？就不会发生这样的事情吗？”沈茹反问道。

“管那么多干什么？反正不会发生在你身上就行了。”我随口回答道。

“呀！你买新鞋啦。”

沈茹总算看到了我脚上的高跟鞋。

我：“噢，我二姐的，借来穿两天。”

沈茹望着我脚上的鞋说道：“挺好看的，鞋跟儿那么高，穿着累不累脚？”

我故作轻松道："还行吧，穿习惯就好了。"

这时，林凯从外面进来，我马上站起身故意迎上去和他打了个照面，在我俩擦肩而过的瞬间，我目测自己的头顶在林凯耳垂附近，这令我非常满意。

因为两个脚掌磨得生疼，整整一个上午我都不怎么走动。早上走得太匆忙，光想着高跟鞋了，饭盒儿忘拿了。午饭时不得不去蹭沈茹的饭吃，吃了没几口，教室里的广播响了起来。

"高一（二）班的杜娉婷同学到传达室来一下，有人找。"

不会是二姐找来了吧！我心里有一种不祥的预感。

我刚来到一楼，就远远地看到站在传达室外等候的二姐，她的两只手各拎了一个布包。二姐也看到我了，铁青着脸站在那里看着我踩着高跟鞋一步一步慢慢地走到她跟前。

"你臭美不要命啦，我的鞋那么小你也能穿，腿刚折过自己不知道吗？你说你今天要是腿脚崴坏了，算你的错还是我的错？"二姐冲我劈头盖脸地嚷道。

我瞟了一眼旁边路过的人，忙示意二姐小点声。

虽然明知自己理亏，可我嘴上还是狡辩道："谁让你不借我鞋穿的。"

"我为什么不借给你？咱俩的鞋码一样吗？你现在的情况适合穿高跟鞋吗？"

我理屈词穷，把脸歪向一边不理二姐了。二姐见我不作声了，把左手上的布包递了过来。

“喏，赶紧换上吧。”

我接过来打开一看，是自己平时穿的那双布鞋，赶紧掏出来准备换上，可是我的脚却从高跟鞋里拿不出来了。

二姐见状，蹲下身子帮我脱鞋，好半天才一点点地帮我把胀得像馒头似的右脚从鞋里脱离了出来，二姐又顺势脱了我脚上的袜子，看到我的脚掌和脚跟各有一个大水泡。我左脚的情况和右脚差不多，也起了大水泡。

二姐见状忍不住对我说道：“你看你自己遭的这个罪。”

换上布鞋后脚上立马舒服多了，二姐把右手上的布包递给我后就走了，她没说布包里装的什么，只是再三嘱咐我：“下午走路时轻一点，别把脚上的水泡弄破了，晚上回家我帮你弄。”

送走二姐后，我打开了那个布包，里面装着一个饭盒儿。一摸还是热和的，饭盒盖儿打开的那一刻，一股熟悉的味道钻进我的鼻孔里，是珠江路饭店的馄饨，我最爱吃的。其实从小到大，二姐一直都很疼我的。

第二十章

文科、理科

Chapter 20

阔别半年时间，重新回到学校的这段日子，我过得并不开心。沈茹也一样，因为马上就要按文理科分班了，沈茹要报理科班，我会报文科班。

我们在一起的日子马上就要结束了，我们俩都倍加珍惜仅剩的几天时间，恨不得一天 24 小时都黏在一起。

我记得正式报班那天是一个星期六，我得知了一个让我十分震惊的消息，林凯居然报了理科班。他偏科特别严重，理科差得没边了，竟然要报理科班，他疯了吗？

我旋即就想通了这个问题，他确实是疯了，想和沈茹在一个班想疯的。

我一直以来都认为，文理分科后我和林凯还将会在一个班级里，万万没想到他突然来了这么一下，搞得我措手不及，心乱如麻。思前想后，我决定改报理科班。

午休的时候，我来到栾老师办公室门前，通过虚掩着的门看到栾老师正在和林凯谈话。

“林凯，你能给我一个让人信服的理由吗？”

“其实也没什么，我就是觉得自己突然对理科特别感兴趣了。”林凯嘟囔道。

“以我的成绩，即便我选文科，也没多少希望能考上大学的。”林凯又进一步解释道。

“那至少还有一点希望，你选理科一点希望也没有，在我看来完全是一种自杀式的选择。”栾老师抢辩着说道。

紧接着，栾老师又语重心长地说道：“报文科班还是理科班虽说是你个人的事，但作为你的班主任，本着负责任的态度，我劝你还是再考虑一下，特别是和你的家长再商量一下。这件事事关你的前途，一定要慎重，你可要想好了。”

“栾老师，谢谢您的好意，我已经决定了，就报理科班。”

栾老师顿了一下，最后无奈地说道：“行，到时你小子可别后悔。”

听栾老师这么说，门外的我心凉了半截儿，也打定主意一定要改报理科班。

“谢谢您，栾老师。”林凯十分郑重地给栾老师鞠了一躬。

“那我先走了，栾老师。”

林凯说着转身就朝门口走来，我赶忙推门而入，和他来了个对头碰，他的脸上洋溢着喜悦之情。

我的文理科成绩虽然都不怎么样，可还算均衡，所以没费多少口舌，栾老师就同意了我改报理科班的请求。

沈茹得知我改报了理科班，不顾旁人的目光，兴奋地和我拥抱了很长时间。我自己却高兴不起来，沈茹哪里知道我心里究竟是怎么想的。

正式分班后，我们理科班的班主任是教化学的苏老师。苏老师刚从师范毕业不到两年时间，还是个大姑娘，年龄比我们大不了几岁，自然和我们有许多共同语言，同学们都非常喜欢她，我们和她说话也比较随便，这也算是我选择理科班的意外收获吧。除了我和林凯、沈茹外，宋卫强、张超、刘惠也都报了理科班。

第二十一章

《童年》

Chapter 21

不管天气如何，刘一腿儿总习惯在星期一早上升旗仪式结束后再絮叨几句，她最爱说的口头禅就是："我来补充两句啊。"

一个寒风凛冽的星期一早晨，升旗仪式结束后，刘一腿儿完全不顾及操场上冻得瑟瑟发抖的同学们，直接走到话筒前，自顾自地在寒风中发表起长篇大论来。

"我来补充两句啊，昨天下午团员活动，学校组织大家到大众电影院观看爱国主义电影《英雄儿女》。多有教育意义的一部好片子啊！我看一次掉一次眼泪，可是据我了解，有不少同学半道儿溜到另一个屋里看什么《路边吉他队》，那个电影我没看过，不知道演的什么，单看宣传画就知道不是什么好电影，几个流里流气的小青年拿着一把吉他站在大道边，成何体统……"

刘一腿儿说的那个电影《路边吉他队》，我和沈茹也偷跑去看了。挺好的一部片子，内容其实特别积极向上，刘一腿儿不了解情况就武断地说一些批评的话让我非常反感，她后来说的话我一句也没认真听。

学校一年一度的新年联欢会又快要召开了，苏老师发扬民主精神，让大家畅所欲言，通过集思广益来选择节目。

大多数同学倾向于林凯手风琴伴奏，再找一名女生独唱的方案，苏老师也同意这个方案，只是在歌曲的选择和独唱的人选上大家意见分歧较大。

苏老师见大家始终达不成一致，提出了她自己的想法："前几天看的那个电影《路边吉他队》里有一首叫《童年》的插曲挺好听的，不知大家听没听过？"

此话一出，教室里立即响起一片起哄的声音。

有人说道："原来那天老师也偷跑去看《路边吉他队》啦。"

苏老师被说得不好意思了，只得佯装生气地说道："不许捣乱，讨论正事儿呢。"

张超这时插话道："那里面的《童年》不如台湾版《童年》好听。"

张超的观点得到很多同学的响应，同学们进而提出以台湾版《童年》作为演唱曲目。

见大家的意见终于一致了，苏老师问林凯会不会用手风琴拉《童年》这首歌，林凯据实回答只听过没拉过，不过练一练应该没问题。

苏老师听罢，放下心来，正式决定选用《童年》这首歌参加学校新年联欢会。

下一步就是决定独唱人选了，苏老师先是问女生里谁会唱《童年》，没有人回应她。接着她点了几个女生的名字，第一个点的就是沈茹，沈茹的回答和后来几个女生一样，都是只会哼唱一部分，都不能完整地唱出整首歌。

苏老师遂决定大家先回去自己练，一个星期后先在班级内部搞一场选拔赛，选出一名唱得最好的代表班级参加学校新年联欢会。

这种形式既公正又公平、合理，大家一致赞同苏老师的这个决定。

内部选拔赛的事，一时间也成为大家竞相热议的话题。我和沈茹私底下也讨论了此事，沈茹明确告诉我，她不会参加选拔赛，我知道她是想躲着林凯就没多问什么，只告诉她我会参加选拔赛。

此后，练歌就自动成为我生活中的主旋律，兜里随身揣着誊抄的歌词。只要一有空嘴巴就自动哼唱《童年》，甚至连做梦时都唱。以前我对唱歌没什么兴趣，唱得也不好，突然要参加唱歌比赛，心里很没底。

当音乐老师的二姐这时有了用武之地，她还挺认真的，想从简谱开始一个音符一个音符地教我发音，由于时间紧迫，我嫌她的教法太慢，一心只想速成，只要求她将《童年》这一首歌一句一句地教我唱。在二姐耐心且专业的指导下，我很快就学得有模有样了，对于取得最后的胜利也是志在必得。

我提前和林凯约好了星期天上午十点到他家一起合练。真到了那天，我起了个大早，精心梳洗打扮了一番。一切收拾停当后拿上录音机就走，孰料手上却没拿稳，录音机直接掉到地上放不出声了。

我心里是又气又急却也无可奈何，按说没录音机，也能和林凯合练成，可我考虑的主要是林凯家没有录音机，旁边有个录音机能方便林凯的手风琴练习。

我想起宋卫强家也有录音机，便临时决定到宋卫强家去借用一下。宋卫强家住在中山公园附近，我骑自行车不用五分钟就来到他家楼下，锁好自行车后我抬头望了一眼他家的窗户，正巧看见宋卫强正在拉窗帘。

搞不懂大白天的他为什么要拉上窗帘，也没心思弄明白这些无关紧要的问题。

奇怪的是，明明看到宋卫强在家里，可我敲了半天门也没人回应。我急了，在他家门外大声喊他的名字，这招倒是管用，门终于开了，宋卫强一脸的不耐烦："你……你……"

我没心情等他把话全说完抢先问道："你在家干什么呢？"

"没……没……没干……干什么呀！"

宋卫强说话的时候显得有些底气不足，另外他用身体把门堵得严严实实的。以前我也来过他家几次，都是有事儿说事儿，从不进屋的。宋卫强每次都是十分热情地非要招呼我进屋，可这次他什么客套话都没说，就站在那里堵着，似乎怕我进到屋里。宋卫强的反常举动激起了我的好奇心。

“你说实话，在家干什么呢？”我说着就推了一下宋卫强，朝屋里瞅了一眼，欲进到屋子里。

宋卫强后退了一步，身体又赶紧重新上前一步挡住门口。

“有事儿……说……说事儿……推……推人……干……干什么？”

这时，我听到屋里面似乎有动静。

“你起开！”我用不容置疑的口吻说道。

宋卫强站着没动。

“你起开！”我又加重语气重复了一遍。

这次宋卫强的身子从门口慢慢挪开了。

我一进去就闻到一股浓烈的烟味，原来宋卫强这小子在家里偷着抽烟呢。走到里屋，看到屋里站着三个年纪和我相仿的半大小伙子，他们三个人一起用慌乱的眼神盯着我。

不就是一起偷着抽个烟吗，至于紧张成这样吗？我在心里暗自嘲笑他们。

这三个人我一个也不认识，我也没和他们打招呼，直接向身后紧跟着我进屋的宋卫强说明来意。

宋卫强听罢，动作麻利地上前拿起书桌上的录音机快步走过来递到我手上，整个过程他一句话也没说，好像只想赶紧打发我走。

我鄙夷道：“看你那个没出息样儿。”

宋卫强咧嘴傻笑了一下，同时身体向一旁挪动了一步，似乎要挡住什么。

我斜睨了他身后一眼，看到他身后的沙发上盖着一件军大衣，军大衣面儿朝下里子朝上，不太齐整，像是匆忙中盖在上面的。

我猜测军大衣下面一定藏着什么东西，趁宋卫强不注意，冷不防冲上去掀开了军大衣，一台录像机暴露了出来。

一同表露出来的还有宋卫强和那三个人脸上尴尬的表情，我这时才反应过来，原来宋卫强他们几个是在偷看黄色录像。

意识到这一点后，我只觉脸上发烧，羞臊得不知所措，逃似的离开了宋卫强家。

在去林凯家的路上，我越琢磨越觉得这事儿不对，明明是宋卫强他们几个不要脸，我又没做错什么，为什么要羞愧呢？想明白这个问题后，心情才算平静下来。

到林凯家已经是十点过五分了，我和他简单寒暄了几句后就直接开练。

当《童年》轻快的旋律从林凯的手风琴里传出来时，是那么悦耳动听，我唱起来也是激情满满。我觉得和林凯一起练，自己的状态要比和二姐一起练时还要好。

第一遍练完后，林凯评价道：“总体相当不错，就是第二段开头唱早了。”

我心里乐开了花，脱口问道：“那你觉得，我能选上吗？”

林凯略微思索了一下说道：“这个不太好说，毕竟咱班有好几个女生唱得都挺好的，像沈茹，从小就学过声乐，基本功特别扎实……”

一听他提沈茹的名字，我顿觉一盆凉水从头浇到脚，不等他把话说完就打断道：“沈茹和我说了，她不会参加选拔赛的。”

林凯瞪大双眼问道：“为什么？”

我不能告诉他实情，只好随口说道：“可能是因为去年联欢会的事她有心理阴影吧。”

林凯若有所思地点了点头。

随后的合练，林凯明显心不在焉，这让我失望不已。但是，在选拔赛那天，我还是调动出自己全部积极性，以最佳状态来应对比赛。

正式比赛前，苏老师向大家征询谁参加比赛，她看到沈茹没举手，还专门问了一嘴沈茹为何不参加，沈茹借口说嗓子不舒服。

能看得出来苏老师对沈茹情有独钟，听说沈茹不参赛，苏老师流露出遗憾的神情。

一共有四名同学参加选拔赛，我最后一个上讲台唱，当我唱完时，教室里响起了满堂彩，我对自己的表现也相当满意，将目光投向一旁伴奏的林凯，他没有看我，一副漫不经心的样子。

对此我并不介意，对比前面三名同学的演唱，我认为自己已经胜券在握，只等苏老师宣布最终结果。

第二十二章

《年轻的朋友来相会》

Chapter 22

我回到自己的座位后，苏老师站到讲台中央，还没等她开口，刘一腿儿推门走进教室。

“我在外头听半天了，你们这是在干什么呢？”刘一腿儿向苏老师询问。

在了解了事情的来龙去脉后，刘一腿儿板着脸站到讲台中间开始发表慷慨陈词：“采用公开选拔的形式是值得肯定的，但是你们选的这首歌有问题。在我们社会主义制度下，生活这么幸福，还唱什么‘迷迷糊糊的童年’‘孤单的童年’这合适吗？北京的报纸上都说了，像《童年》这样的歌曲纯粹就是靡靡之音，是资产阶级毒害我们社会主义青少年的工具。能用这样的歌去参加新年联欢会吗？”

刘一腿儿侧头向苏老师问道：“苏老师，你觉得呢？”

我打心眼儿里希望苏老师能像栾老师那样，对刘一腿儿的陈词滥调予以回击，可惜年轻的苏老师对刘一腿儿除了一直点头称是外，还请求刘一腿儿为我们班指定一首参赛曲目。

刘一腿儿抬手推了推已经滑落到鼻尖的眼镜，琢磨了一下说道："我建议你们班唱《年轻的朋友来相会》，你们班有林凯的手风琴是一大特色，这首歌非常适合手风琴伴奏。而且大家在音乐课也都学过这首歌，都会唱，不用现学。关键这首歌的歌词积极向上，特别有朝气。我看也别搞什么选拔赛了，就集体一起唱吧，这样显得有气势。"

刘一腿儿话音刚落，苏老师就接话道："主任的这个建议太好了，我看咱们就这么办，还是林凯手风琴伴奏，大家一起唱，得选一个领唱的，我看就沈茹来吧。"

真没想到事情最终会演变成这样，我一个星期的努力就这么白费了，沈茹没参赛，却等同于最后的胜利者。

为此我郁闷了好几天，由于是刘一腿儿自己指定的节目，刘一腿儿自然非常重视，我们班排练的时候只要她不忙，都会到班里来督阵，总免不了要进行一番指手画脚。

沈茹由于不太情愿和林凯搭档，排练时态度不够积极，没少挨刘一腿儿的批评。

离新年联欢会还剩不到半个月时间，有一天沈茹突然发烧请了病假。下午排练时，苏老师临时让我代替沈茹到前面领唱。这算是意外惊喜，排练时我格外用心，引得站在一旁的刘一腿儿不住地点头称赞。

沈茹确诊得了急性肺炎，一连几天没来学校，我也连续几天在排练时担任领唱角色。

离新年联欢会举行的日子越来越近，我对领唱角色的渴望也越来越强烈。只是沈茹生病后一直没来学校，苏老师对领唱人选究竟是谁一直没有明确的说法，让我的心一直悬在半空中。

1985 年 12 月 29 日星期天，离新年联欢会仅剩两天。上午我去沈茹家探望她，其实在潜意识里，我心里也清楚自己此行的目的并不是看病号那么纯粹的。

沈茹的病其实已经好得差不多了，完全可以去学校，之所以不去就是为了躲避和林凯一起排练。沈茹明确告诉我元旦之前她不会去学校，更不会参加新年联欢会。

在得知这段日子一直是我代替她领唱时，沈茹显得很高兴，真诚地祝福我正式演出能一切顺利。

心中的石头终于落地了，我无比开心地过完了 1985 年的最后一个休息日。

在星期一的排练中，我俨然已是正式的领唱人选，排练时唱得更加投入。排练结束后，苏老师依然没有明确宣布我就是最终的领唱者，让我心里稍微有些不舒服。

不过，这没影响到我对新年联欢会的踌躇满志，已经这个时候了，沈茹又不可能出现，不是我领唱还能是谁领唱呢？

那天夜里，我很晚才入睡，脑海里总是浮现和林凯一起站在舞台上表演节目的画面。

第二天早上我一进教室就傻眼了，我看到沈茹端坐她的座位上。她看到我时的表情有点不自然。我不禁有点生气，没搭理她，径直来到自己的座位上，我有一种不祥的预感。

果然，苏老师一来就宣布下午的新年联欢会还是由沈茹领唱。然后苏老师让沈茹和林凯到讲台上带领全班一起合练一遍。林凯立即屁颠屁颠地背着手风琴到讲台边上拿过一旁的凳子坐了下来，沈茹的动作要迟缓一些，好半天才挪到讲台上站定。

看到沈茹站在我原先站着的位置，我欲哭无泪，恨不得赶紧离开教室，不想看到接下来沈茹和林凯一起合练的画面。

林凯的手风琴伴奏刚刚开始，刘一腿儿从外面走了进来，看到站在讲台上的是沈茹，直接喊停了林凯手上的动作。

刘一腿儿问苏老师："要换沈茹领唱吗？"

"主任您忘啦，原来就是安排沈茹领唱的。"苏老师笑着回答道。

刘一腿儿摇了摇头，说道："这不合适，杜娉婷领唱了这么长时间，一直唱得都挺好的，临阵换人，有些不公平吧。"

想不到我一向反感的刘一腿儿，竟然在这个时候为我说了一句公道话，我生平第一次对她投以感激的目光。

"对对对，主任说得有道理，应该让杜娉婷来领唱。是我考虑得不周全，我光寻思着原先就是沈茹领唱的，她病好了还让她领唱。"苏老师唯唯诺诺地解释道。

这时我的视线不自觉地落在林凯身上，他原本炯炯有神的目光立即黯淡下来。

“那还是杜娉婷上来唱吧。”苏老师轻声朝我所在的方向说道。

我没有立即上前，而是等沈茹快步回到她自己的座位上，才起身缓缓走到讲台上站好。

苏老师喊了声开始，林凯像没听见一样没有任何反应。

“林凯你想什么呢？”刘一腿儿责问道。

林凯这才有了反应，《年轻的朋友来相会》的前奏终于从他的手风琴里传了出来。

谁知前奏行将结束，马上就轮到我开口唱时，伴奏却突然停了下来。

“林凯你怎么回事？”刘一腿儿厉声质问道，苏老师也在一旁附和着追问。

“这个琴我不拉了，除非你们让沈茹领唱。”林凯放下肩上的手风琴拎在手上站起来就往下面走，正眼都没瞅刘一腿儿和苏老师一眼。

同学们被突如其来的一幕搞得面面相觑，我一个人站在讲台上感觉难堪至极，沈茹在下面也是脸羞得通红，坐立不安的样子。

刘一腿儿和苏老师被弄愣了，过了片刻，刘一腿儿才冲着林凯的背影高喊：“站住，简直是胡闹，林凯我告诉你，这可是政治任务，由不得你讨价还价。”

林凯却充耳不闻，直接回到自己的座位上坐了下来。

刘一腿儿彻底被激怒了，冲到林凯面前嚷道：“你给我站起来。”

苏老师见状紧跟了过去，正色道：“林凯，你站起来。”

林凯满脸的不在乎，晃晃悠悠地站了起来。

刘一腿儿手指着林凯的脸说道：“林凯，你别觉得你会拉个手风琴有多了不起。今天我还就告诉你了，你们班的节目被取消了，就因为你一个人的问题。我还要严肃处理你。”

刘一腿儿一说完转身就走，摔门而去。苏老师赶紧跟了出去，好一会儿才回来。

不知道苏老师和刘一腿儿具体是怎么说的，反正苏老师回来后宣布下午新年联欢会的节目仍然照常演出，还是我领唱，只不过不用林凯手风琴伴奏了，改由录音机伴奏。

在下午举行的学校新年联欢会上，我终于如愿领唱了《年轻的朋友来相会》，可站在队伍最前方的我却觉得索然无味，台下我们班级的区域只有林凯一个人孤零零地坐在那里，这并不是我想要的结果。

新年联欢会结束后，我一个人快步离开，沈茹在后面不断呼唤我的名字，我不理会，径直往前走。

出了学校礼堂，沈茹终于追上我，使劲儿拽住我的衣角。

“娉婷，你听我解释。是苏老师昨晚到我家来非要我今天来的。”沈茹气喘吁吁地说道。

我不耐烦地用力拍开了沈茹的手，扭头就走。

“娉婷，你要相信我啊，我是真心希望你领唱的，我今天真的真的是不想来的。”

沈茹还在我身后解释着，可我始终没搭理她，我和她之间的友谊第一次出现裂痕。

其实听完沈茹的解释后，我在心里已经不怪她了。真正让我生气的人是林凯，我气他当众让我难堪，更气他为什么那么喜欢沈茹。

从那之后，林凯喜欢沈茹的事在班里不再是秘密，同学们经常拿他俩开玩笑。沈茹对此十分苦恼，对林凯更加冷淡，甚至可以说林凯对沈茹来说就是一个透明人。

我故意冷落了沈茹好几天，沈茹也专门讨好了我好几天，等我的气消得差不多了，我和她又和好如初了。

但是，我对林凯始终无法释怀，一直到放寒假我都没和他说过一句话。更可气的是，林凯对此丝毫没有觉察，难道我对他来讲就这么无所谓吗？我常常在心里问自己。

第二十三章

门前放了一双白胶鞋

Chapter 23

寒假期间我照例又去上海的姑姑家住了一段时间，等我回大连时，离新学期开学已经没剩几天了。一天晚上吃过饭后，妈妈差遣我到林凯家帮她向林凯妈妈传个话。

一进入林凯家，我就发觉气氛不对。林凯有事外出了，林凯妈妈显得忧心忡忡，脸上的表情十分凝重。

小芳姐形如枯槁，精神恍惚地倚坐在炕里头，眼神呆滞，脸上还有泪痕。她面前堆放着一些旧挂历和林凯新学期要用的课本，看样子是要给林凯包书皮。小芳姐全然没有理会我，或者说她根本没有意识到我这个外人的进入。

我一五一十地把妈妈交代的话传达给林凯妈妈后，又悄悄地问林凯妈妈：“小芳姐怎么了？”

林凯妈妈附在我耳边小声说道：“唉！上个礼拜，她对象在前线牺牲了，她心里头难受，不吃不喝好几天了，魂儿都没了。”

林凯妈妈说着说着就哽咽了，她迅速调整了自己的情绪又接着说道：“本想着让她给小凯包书皮分散分散注意力，可你看，从下午就开始包，这都晚上了才包了一本。”

我在心里暗暗替小芳姐难过，却又不知道该怎样安慰她，只好过去帮她包书皮。

因为是给林凯包书皮，我包得特别认真，甚至比为我自己包书皮还要仔细，折角之间必须完全对称，每一张书皮都力求完美无瑕。一想到林凯即将使用的课本书皮是我为他包的，心里不由得美滋滋的。

我和沈茹都出生在 1969 年 3 月，沈茹出生在月初，我出生在月末。沈茹的家庭条件在班级里算是非常优越的，沈茹十七岁的生日礼物是一块双鱼牌手表，是她爸爸给她买的。

这让同学们羡慕不已，也包括我。不过，我并不是希望也能拥有一块双鱼牌手表，我只想要自己喜欢的东西。

于是，我旧事重提，以生日礼物的名义反复央求二姐给我买高跟鞋。二姐被我磨得烦了，最后答应了我的要求。

到了我生日那天正好是休息日，我拉着二姐来到长春路商店，直奔卖高跟鞋的柜台前。

柜台前的顾客很多，我和二姐只得耐心地排队等候。这时，我无意中在商店里扫了一眼，看到林凯在商店外盯着橱窗看，林凯看得很专注，我都走到橱窗这一头了，他也没发现我。

循着林凯的目光，我看到橱窗里摆放着一双崭新的白胶鞋，鞋面两侧还带有红色的装饰，形状很像字母 F，是一双回力牌胶鞋。再看林凯脚上那双旧胶鞋，两个脚前尖都快磨破了。

林凯看了好半天才离去，望着他的背影，我随即陷入沉思之中，直到二姐喊我才回过神儿来。我脑子里已经有了一个新的想法，经过一番试穿后，我终于选定了要买的高跟鞋。

二姐拿着售货员开好的小票儿来到收款台付款，在她从包里数出 33 块钱马上要递进去时，一旁的我冷不防一伸手把那 33 块钱抢了过来。

二姐被我弄愣了："你干什么？不买啦？"

我重重地点一下头道："嗯，不买了，你这 33 块钱我自己拿着慢慢花吧，就当是生日礼物了。"

"这不行，你这是诈骗。"二姐说着就伸手过来要夺我手中的钱，我赶紧把钱揣进裤兜里。

"怎么不行了？反正都是你掏钱。"

"你一个学生要这么多钱干什么？"

"这你就别管了。"

一番斗嘴后，二姐终究还是拗不过我。尽管我没买成高跟鞋最后却心满意足地离开了商店。

我打算买下那双林凯喜欢的回力牌胶鞋，然后送给他。第二天早上一到教室，我第一件事就是去问宋卫强的鞋码。他和林凯的鞋码一样，曾向林凯借过胶鞋穿。

“要给……给……给我买鞋吗？”宋卫强反问道。

“别废话，快说。”我不耐烦道。

宋卫强这时却卖起了关子，在默不作声的同时，故意用眼神挑衅我。我白了他一眼，附到他耳边压低嗓音说道：“是不是要我把你聚众看黄色录像的事儿跟大家伙儿说一说？”

宋卫强的脸上骤然阴沉下来，诚惶诚恐地马上向我通报了他的鞋码，还连连向我告饶，求我千万别把他的丑事传出去。

放学后，我来到长春路商店，照着林凯的鞋码买下了一双回力牌胶鞋。我把鞋盒子放到自行车后座上捆好，然后跨上车满心欢喜地骑行在回家的路上。

走了一会儿我突然意识到自己忽略了一个非常重要的问题，该怎样把这双鞋交给林凯呢？不可能直接送给他的。这个问题困扰了我一个晚上，我设想了很多种方案最后都觉得不可行。

因为有心事，夜里睡得很不好，天还没亮我就醒了，想再睡一会儿却怎么也睡不着了。我索性坐了起来，对着窗外的月亮发呆。天空逐渐泛蓝，月亮的影子变得模糊起来。

一个念头却在我脑子里渐渐清晰地呈现出来，干脆把鞋直接放在林凯家门前，我确实也没有别的办法。

说干就干，我简单收拾一番后就出门了。我觉得自己像个贼一样，一路上骑着自行车还东张西望的，生怕被熟人看到。尤其是进入林凯家所在的楼里，总担心有人看到是我放的鞋，想动作快点又不敢太快，必须悄悄地进行。

越往林凯家门前靠近心跳得越厉害，终于将鞋在林凯家门前摆放好了，林凯或者他的家人只要一推门就可以发现，我立即一溜烟地跑掉了。

那天早上，我特别观察了林凯到校后的反应，他还是穿着那双旧胶鞋，并且一连几天都是如此。

我有点坐不住了，认定鞋让林凯家邻居或者其他什么人提前给拿走了，林凯压根儿就没看见那双鞋。苦于不能直接问他，我心里面急得没着没落的。

这期间发生了一个插曲，沈茹的那块双鱼牌手表丢了。那天上午上完体育课，沈茹到水房洗手，随手将手表摘下来放在一边，洗完手后就离开了。等她发现手表忘戴了再回到水房时，那块双鱼牌手表已经不见了。

大家帮她四处寻找，也没找到。沈茹非常珍爱那块双鱼牌手表，表丢了以后沈茹非常难过，中午饭都没吃，情绪特别低落。

又过了几天，下午第一节课下课后，沈茹突然神秘兮兮地拉着我来到操场，我俩在一处僻静的角落里停了下来。沈茹从兜里掏出一块双鱼牌手表递给我看。

沈茹："你看这块表。"

我接过来上下瞅了瞅："这不就是你丢的那块表吗？从哪里找到的？"

沈茹："这不是我原来那块，我的那块表链比这个短一节。当初买的时候，因为我手腕子细拆了一节表链。"

我："你在哪里发现的这块表？"

沈茹："中午回教室后在我书包里发现的。"

我："这么说来，是有人新买了一块和你原先那块一模一样的双鱼表，偷偷放到你的书包里，让你误以为自己的手表找到了，可是这个人不知道两块表是有差异的。"

沈茹："没错，就是这样。"

我："那你觉得这个人是谁？"

沈茹："林凯。"

我："何以见得？"

沈茹："还记得他以前给我写的那封情书吗？也是这样偷偷放在我书包里的。"

见我一直未作声，沈茹追问道："怎么？你认为不是他？"

倒不是我主观判断不是林凯，他本身确实有非常大的嫌疑，关键是他没有那个经济实力。

一块双鱼牌手表要36块钱，他连12块5一双的回力牌胶鞋都买不起，哪有钱买双鱼牌手表。当然了，我不可能把这些说给沈茹听。

我思索了片刻才说道："我记得你说过，这种双鱼牌的手表只有大连商场有卖的，放学后咱俩亲自去大连商场问一下不就知道是谁买的了吗？"

沈茹觉得我说的有道理，放学后我们来到大连商场。在我向买表柜台的一名营业员描述完林凯的相貌后，那名营业员十分笃定地告诉我们，昨天临近下班时，确实有这样一个小伙子来买走了一块双鱼牌女式手表，小伙子付款时拿出了一大堆零钱，害得收款员点了好半天，耽误了下班时间，所以大家对小伙子的印象很深。

已经能确定林凯就是买手表偷偷放到沈茹书包里的人，我有些失落，沈茹也不太高兴。她拜托我把手表还给林凯，我着急弄清楚林凯从哪里搞到的那么多钱，顾不上吃晚饭，直接骑车来到林凯家，把他叫到门外。

我拿出那块表递给林凯。

“喏，沈茹让我还给你的。”

林凯看了一眼手表，没接，还在掩饰：“这不是她丢的那块表吗？还给我干什么？”

“你别装了，我们都去大连商场问了，就是你昨天晚上去买的这块表。”

林凯见瞒不住了，有些堵气地说道：“她不要就扔了吧，反正我不要。”

听他这么说，我更气不过了：“你家是万元户啊！这么烧包。我问你，你哪儿来的那么多钱？”

林凯不卑不亢地说道：“这是我自己的事儿，没必要告诉你。”

“怎么会是你自己的事儿，我再问你，前几天在你家门前放的那双回力牌的白胶鞋哪儿去了？”我一时气急，问出了心里最大的疑问。

林凯瞪大双眼定定地看着我，仿佛明白了什么。我们对视良久彼此没说一句话。

我有些后悔，把这个疑问抛出来就等于向他坦露心迹，但既然已经问了，就索性问个明白。

“回答我，看到那双鞋了吗？”

林凯有些不置可否，好半天才嗫嚅着说道：“看到了，不过，为了凑买表的钱，我把那双鞋给卖了。”

我怒火中烧，头都快要被气炸了，直接把手里的那块表摔到林凯身上，扭头就走。

第二十四章

卑微到尘埃里

Chapter 24

张爱玲曾说过："喜欢一个人，会卑微到尘埃里，然后开出花来。"

在林凯身上，我真切地体会到这句话的含义。

林凯做了那么多令我伤心的事情，我对他却始终怨恨不起来。他从不会刻意去讨好我，可我还是每次都能自动原谅他。只要是和他在一起，我心里都会感到暖暖的。

1986 年的五四青年节恰逢星期天。学校组织团员到孤寡老人家打扫卫生，男女搭配，两人一组，采用就近原则。由于我家和林凯家离得最近，我幸运地和林凯分到一组。我们的帮助对象是居住在不老街的李爷爷。

女生的主要任务是洗衣服，男生的主要任务是收拾室内卫生和一些力气活儿。上午九点，我准时来到李爷爷家楼下。当我兴冲冲地敲开李爷爷家大门时，林凯迎面对我说的第一句就是：“你正好迟到了一个小时。”

我有些不解，反问道：“不是定的九点吗？”

“定的是九点，现在都十点了，你家没调表吧？”

听林凯说调表的事，我恍然大悟。之前连续好几天广播里反复通知全国统一在 5 月 4 日凌晨两点开始实行夏令时（**注释：**又称“日光节约时制”，是一种为节约能源而人为规定地方时间的制度。我国于 1986 年至 1991 年实行夏令时，除 1986 年从 5 月 4 日开始外，其他年份均从 4 月中旬的第一个星期日开始。），要将表调快一个小时。这段时间二姐在外地进修，家里就我和妈妈两个人，我们俩都把调表这个事给忘记了。

我懊恼不已，白白浪费了一个小时和林凯单独待在一起的时间。容不得我想太多，地上还放着两大盆衣服、被罩、床单等着我洗呢。

林凯刚刚帮李爷爷刮完胡子，整个屋子被他收拾得一尘不染。他干完了自己分内的活儿，没有马上走，而是过来帮我一起洗衣服。这让我很感动，不知道林凯早上吃了什么不消化的东西，不停地打嗝儿。

眼看快十一点了，还有许多待洗的衣物。我想起事先已经和沈茹约好，中午在长春路照相馆门前集合，一起吃完午饭后去青泥洼桥逛街。

我和沈茹约定的时间是十一点，肯定来不及了，为了不让沈茹一个人傻等，我让林凯骑上我的自行车去通知沈茹取消原来的计划。

不一会儿，林凯和沈茹一起回来了，沈茹非要过来帮我一起洗。明明是二人世界，最终还是演变成了三人空间，我不禁有些遗憾，想想沈茹也是一番好意，遂立即在心里将那些遗憾斩杀干净。

我们三个人一起洗衣服，各自的心境不同，也没有什么话可说，气氛颇为尴尬。

趁林凯出去倒水的工夫，沈茹低声对我说道："刚才我和他说了，让他自己先走，我一个人过来帮你洗，他厚着脸皮非要跟来，还硬要用你的车带我，我没让他带。"

我苦笑了一下，没说什么。

三个人的劳动效率自然没得说，眼瞅着就要洗完了，林凯忽然停了下来，右手握拳抵住胸口。

我和沈茹都觉察出他的异样，一起抬头看着他。林凯看到我俩一起看他，有些不好意思，咧嘴干笑了一下。他一副难受的表情，使劲咽着口水。到最后实在忍不住了，捂着嘴跑到屋外。我以为他要吐，连忙紧跟了出去。

我刚来到屋外，就听到连续两个响嗝儿从林凯嘴里蹦出来。这时我才想起，之前一直嗝声不断的林凯，在沈茹进屋后一个嗝儿也没打。原来不是没有，而是一直憋着。在自己喜欢的女孩儿面前，他竟然这么追求完美，看来他真的是很喜欢沈茹。

望着还在不停打着嗝儿的林凯，我的心在隐隐作痛。

洗完衣服后，我没有和沈茹一起去吃饭逛街，而是借口身体不舒服一个人回家了。我也确实是不舒服，主要是心里，林凯跑到屋外打嗝儿的那一幕情景成了我挥之不去的记忆，不时出现在脑际。

我搞不懂为什么那一幕会对自己产生这么大的触动，后来我想明白了，喜欢一个人就应该帮助他和他喜欢的人在一起。

也正是从那时起，我暗暗下定决心，把对林凯的喜欢深埋在心底，帮助他获得沈茹的芳心。

第二十五章

7月7日

Chapter 25

进入高三后，时间一下子变得紧迫起来，学习成了我们每个人唯一的任务。

也许是因为沈茹这个源动力的存在吧，林凯变得十分刻苦，成绩也是突飞猛进，到最后一次模拟考试结束时，原本在班里最没希望考上大学的他，已经具备了冲击本科的实力。

沈茹则越临近高考越紧张，几次模拟考试成绩都不理想。以她平时的成绩，考上大学本该是十拿九稳的事情，却因为她的心理素质变得不确定起来。

1987 年 7 月 7 日，我们迎来了高考的第一天。事先我已经知道，我和林凯、沈茹被分在同一个考场。可是，我不知道的是最后真正走进考场的只有我一个人。

我们考试的学校是一所初中，我们的考场就在这所初中三楼的一间教室。上午八点四十五分，一直在操场等候的考生们，排着队在监考老师的带领下，走向各自考场所在的教室。

沈茹、林凯和我依次走在我们考场考生队伍的最前面，在沈茹前面还有一位领路的女监考老师。

我们的队伍在楼梯上缓缓向上攀升，大家伙儿一个紧跟着一个，保持着十分紧凑的队形。

当沈茹、林凯和我先后迈上二楼楼梯时，身后的大部队还在一二楼之间的缓步台或者一楼的楼梯上。

就在这时，林凯突然伸出右手，迅速用整个手掌捂住沈茹的屁股。我被他的这一举动惊呆了，沈茹马上就感觉到了，猛地一转身看到林凯悬在半空中的手掌，她惊叫了一声，甩手打了林凯一记响亮的耳光，同时高声呵斥道："你干什么？"

队伍停住了，大家把目光都投向最前面的沈茹和林凯。林凯又上了一级楼梯，低声不知道跟沈茹耳语了一句什么话，沈茹迅速回身看了一眼自己的屁股，脸顿时红了，紧接着一只手捂着屁股快步跑到外面去了。

这时在前面领路的那位女监考老师又折回来向林凯询问情况，还没等林凯开口回答，就听我身后有人高喊："他要流氓，摸人屁股。"

林凯一听就急了，张了张嘴想争辩，但好像有什么顾虑，又合上了本来已经张开的嘴巴。

"到底怎么回事？"女监考老师再一次厉声质问林凯，林凯还是欲言又止。最后从楼下又跑上来两位老师模样的人把林凯带走了。

就这样，我成了第一个走进考场的考生。第一科考的是语文，我始终无法集中精神，不时抬头朝林凯或沈茹的座位瞅一眼，那两个座位一直空着。

事情很快就搞清楚了，沈茹由于精神过度紧张导致月经提前，在毫无思想准备的情况下上楼时突然来潮，经血洇湿了她当时穿的那条白裤子。

紧跟在沈茹身后的林凯发现后担心被人看到，下意识地伸手捂住了沈茹屁股上经血透出的位置。沈茹觉得太丢脸，直接跑回了家，并且没有再返回考场。

林凯直到被带入派出所才不得不道出实情，警察起初不相信林凯说的话，经过一番折腾，沈茹最后亲自赶到派出所说明实际情况，才为林凯洗清了罪名。

可惜一切太迟了，这场误会把林凯和沈茹的考试都给耽误了。

有一科缺考注定会落榜，林凯和沈茹都没有参加接下来的考试，我一个人完成了高考。

高考结束那天晚上，我到沈茹家去看她，才两天没见，她就憔悴得让人不忍直视。沈茹的妈妈嘱咐我好好安慰安慰沈茹，可当我真正面对沈茹时，却又不知该说什么好。

在沈茹的房间里，我们俩相对无言了很长时间，最后还是沈茹先开了口。

“考得怎么样？”沈茹有气无力地问我。

我苦笑了一下：“就那么回事吧，我的成绩你也知道。”

“后面的考试，林凯去了吗？”

“没有。”

沈茹若有所思地点了点头，随后我们又陷入沉默之中。

我最终考上了专科，被大连一所大学的会计专业录取。林凯和沈茹一同选择了复读，我和他俩分开了却依然保持着紧密的联系。

“摸臀事件”让沈茹对林凯心生歉意，自然不再排斥林凯，同是复读生的身份也让朝夕相处的两个人有了更多的共同语言。

当沈茹告诉我，她和林凯相爱了的时候，我既为他们感到高兴，心里也不免有一丝淡淡的惆怅。

林凯和沈茹1987年高考前填报的志愿都是大连工学院，1988年年初，大连工学院更名为大连理工大学。林凯本打算和沈茹一起继续报考大连理工大学，可是后来他实际填报的志愿却是一所军校。

沈茹的妈妈有着很深的军人情结，年轻时就希望能嫁给军官，她自己未能如愿，就把希望寄托在沈茹身上，一心想让沈茹以后找个军官做丈夫。

林凯在得知这一情况后，当即决定要报考军校。林凯的决定遭到妈妈和姐姐的强烈反对。林凯的爸爸过去是军人，小芳姐的对象生前也是军人，两个人的人生结局都十分悲惨。她们反对林凯考军校也在情理之中。

不过，林凯不顾她们的反对，还是偷偷填报了军校的志愿。

1988 年的高考依然从 7 月 7 日这一天开始，我很早就和沈茹约定，高考那天要到现场为她加油打气。早上路过南昌街 62 号时，顺便来到林凯家，打算和林凯一起去考场。

在林凯家，我没有看到林凯的身影。和他妈妈还有小芳姐简单打过招呼后，我直接问道："林凯已经走了吗？"

林凯的妈妈和小芳姐都没有回答我，我注意到，她俩的表情有些异样。

我又问道："怎么了？出什么事了吗？"

小芳姐这才吐吐吞吞地说道："林凯还睡着呢。"

我十分诧异，脱口道："这会儿还睡呀，再睡就迟到啦。"

此时，林凯的妈妈一脸凝重地说道："是我让他睡的，他考什么学校都行，唯独不能考军校。做什么工作都行，就是不能当军人。"

原来，林凯的妈妈和小芳姐为了阻止林凯考军校，事先在他喝的水中放了安眠药，导致林凯长睡不醒，进而错过考试。

在去考场的路上，我推着自行车走得很慢，心里矛盾极了，一直纠结一会儿见到沈茹该怎么说。

当我心事重重地来到考场外，看到正在东张西望焦急等待的沈茹时，我不由得踟蹰不前了。

沈茹看到我，兴奋地冲我挥手，我缓缓走到她跟前。

"林凯这家伙也不知道怎么搞得，还没来呢。"沈茹说着又抬起左手看了一眼手表，她左腕上戴着的是林凯给她买的那块双鱼牌手表。

沈茹一边和我说话，一边还在探头向远处张望。

“别看了，林凯不会来了。”我平静地说道。

沈茹先是露出不可思议的神情，旋即又担心地问：“怎么了？他出什么事了吗？”

我想不出更好的托词，只能实话实说。对于林凯家里不同意林凯考军校的事，沈茹原先一直不知情，我的话让她错愕不已。

等我全讲完了，沈茹的眼睛里噙着泪水，情绪十分激动，非要去林凯家拉林凯起来一起考试。这让我非常后悔告诉她实情，马上就要进考场了，我使出浑身解数才勉强安抚住沈茹的情绪，把她送进考场。

第一科考的仍旧是语文，考场中的沈茹心烦意乱。胡乱答了一通后，没用多长时间就进入最后的作文题，当看到作文题目是《习惯》时，沈茹的眼睛湿润了，和林凯在一起的一幕幕画面，犹如电影般在她眼前自动闪现。

沈茹的作文只有一行字：我已经习惯了身旁有你，林凯。这篇只有一句话的作文最后得了0分，沈茹最终落榜了。

1988年的高考是沈茹真正意义上的第一次高考，也是她人生中唯一的一次高考。高考结束后，她和严格意义上讲一次高考也没参加的林凯一起，向学生时代挥手作别。

第二十六章

《我用自己的方式爱你》

Chapter 26

后来，通过家里的关系，沈茹在一家银行做了柜员；林凯应聘到邮局成为一名邮递员；我大专毕业后分配到一家工厂，做会计工作。我们三个人各自的人生轨迹不再相同，却因为友谊和爱情紧紧地联系在一起。

林凯和沈茹的爱情遭到了各自家庭的强烈反对，尤其是沈茹的妈妈，把沈茹的两次高考落榜全部迁怒到林凯身上。她命令沈茹的爸爸、哥哥轮流接送沈茹上下班，在其他业余时间也是严防死守，坚决不准沈茹和林凯见面。

我自然充当了爱情使者的角色，游走在沈茹和林凯之间，为他们传递爱的信息。从表面上看，我在奔波和忙碌中体味着月下老人的快乐，可是心底里的那份苦涩只有我自己知道。

1991 年元旦，二姐结婚了。大姐一家和姑姑一家分别从天津和上海赶来参加二姐的婚礼。

在婚礼上，二姐一脸幸福地接受着众人的祝福，此情此景也深深地感染了我，我由衷地替二姐高兴。

新人敬酒的时候，二姐遭到二姐夫单位同事的百般刁难。我不得不挺身而出，替二姐挡了十多杯白酒，最后竟然喝醉了。这是我平生每一次喝醉，我像个话唠一样，逢人便叽叽喳喳说个没完。

二姐见状，只好让二姐夫派车提前送我回家。我依稀记得还要去沈茹家领受新任务，吩咐司机师傅直接送我去了沈茹家。

我在沈茹家耍了一通酒疯后，就在沈茹的房间睡着了。我不记得自己耍酒疯时都和沈茹说了些什么，只知道当我醒来的时候，沈茹脸上的表情特别严肃。

“原来你也喜欢林凯。”沈茹柔声说道。

我没吭声，苦笑了一下。

“娉婷，对不起，是我太粗心了，我早该看出来你也喜欢林凯的，还让你帮我们做了那么多事。”沈茹走到我面前挽住我的胳膊，不无歉意地说道。

见实在瞒不住了，我索性和盘托出。当我把这些年来对林凯的感情全部倾诉出来后，心里轻松多了。

我和沈茹要好了这么多年，却从不敢说我们是无话不谈的关系，现在我终于敢说，我和沈茹之间完全没有秘密了。

沈茹紧紧地抱住我，嘴上不停地说着对不起。

我扳正她的身子，说道：“你心里千万不要有负担，我和你说这些，是想让你明白，你现在所拥有的，是别人一生都无法得到的，要好好珍惜。”

“嗯。”沈茹重重地点了点头，她接着又说道：“那你怎么办？”

说真的，我还从未考虑过这个问题，遂信口回答道：“呵呵，等你俩结婚了，我就当修女去。”

沈茹：“修女？”

我：“对呀，终身为天主服务，为教会服务。”

沈茹：“当了修女是不是一辈子就不能结婚了？”

我略微思索了一下说道：“听我妈妈说，修女要发三次愿，初愿、复愿、永愿。发完前两次愿还可以反悔，过平常人的生活，发过永愿的就不能结婚了，要一辈子留在教会里。”

沈茹连连摆手道：“不好，不好，你不要去当修女。”

我故意逗她：“有什么不好的，发永愿就是和天主结婚，做天主的妻子不好吗？”

“不好，不好，就是不好，你不能去，不能去。”

我见沈茹愁眉苦脸的样子，是真急了。我连忙说：“好啦，好啦，和你开玩笑的。咱们说正事吧，你和林凯总这样可不是个事儿，我不可能永远在你们中间做传话筒。”

沈茹的两个眉头兀自紧锁着：“我也不想这样，都怪我妈逼得太紧了，昨天还让我去相亲呢。”

我：“我要是你，就和林凯直接去办理结婚登记手续，结婚证拿到手，你妈也只能默认了。”

沈茹：“这么做行吗？”

我：“有什么不行的？你和林凯都是符合法定结婚年龄的成年人，谁有权利阻拦？”

沈茹还在摇摆不定：“林凯能同意这么做吗？”

“他绝不会像你这样优柔寡断，肯定会同意的。”我信誓旦旦地说道。

沈茹思量再三，最后像是下了很大的决心，一副大义凛然的样子：“好，就照你说的办。”

随后，我和沈茹商量了一下具体的细节。

从沈茹家离开后，我又马不停蹄地去找林凯。正如我所料，林凯想都没想就同意了我的提议。

林凯和沈茹“结婚计划”的第一步很顺利，两人都偷出了家里的户口簿。进行到第二步去各自单位开具介绍信时，沈茹遇到了麻烦，而且是大麻烦。

那天，沈茹带着户口簿和身份证来到单位行政办公室，办公室骆主任是沈茹妈妈的老同学，当初沈茹正是通过这层关系来到银行工作的。

骆主任一见是沈茹来了，连忙热情地招呼沈茹落座。

当听说沈茹是来开结婚介绍信的，骆主任立即疑惑道：“前两天我见到你妈妈时，她还说你没对象，让我帮着介绍呢，这么快你就要结婚啦？”

沈茹随口敷衍道："哦。"

骆主任从沈茹的脸上觉察到了异常，表情严肃地问道："沈茹，你和阿姨说实话，你来我这儿开介绍信，你妈知道吗？"

"知，知道呀。"

骆主任从沈茹支支吾吾的回答中，已经知道了这个问题的答案。立即板着脸说道："沈茹啊，没你妈的同意，阿姨是不能开这个介绍信的。"

"这是我自己的事儿，为什么非得她同意。"

"孩子，这可不能瞎说，婚姻大事，哪有父母不知情的道理。再说了，你虚岁不过才二十三，着什么急啊？"

"《婚姻法》上明明白白地写着，女的过了二十周岁就可以登记结婚，我都二十二周岁了，凭什么不给我开介绍信？"沈茹反驳道。

骆主任不紧不慢地说："说到《婚姻法》，我就更不能给你开这个介绍信了。现在全国上下都在提倡晚婚晚育，咱们银行是大连市的晚婚晚育先进单位，原则上男的不满二十五周岁，女的不满二十三周岁，都不予开具结婚介绍信。具体到你，除非你妈同意，否则想都别想。"

沈茹在骆主任那里碰了钉子，无异于打草惊蛇，她晚上一回家就被暴跳如雷的妈妈勒令交出户口簿和身份证，同时挨了有生以来最严厉的一顿训斥。

结婚计划的搁浅，让林凯和沈茹这对苦命鸳鸯的爱情之路更加艰辛。沈茹的人身自由被她妈妈限制到近乎让人窒息的程度。

林凯想沈茹了，只能利用白天外出送信的间隙，跑到沈茹工作的柜台前待上片刻，两个人隔着柜台玻璃用眼神倾诉衷肠。

不知多少个夜晚，林凯一个人骑着自行车来到沈茹家楼下那棵银杏树旁，对着沈茹房间的灯光发呆，一站就是一晚上。那段时间，林凯把对沈茹的思念化作一篇篇文章，不时见诸报端。

大年三十这天晚上，林凯又一个人来到沈茹家楼下，沈茹路过窗台时，无意中看到林凯在楼下冻得直跺脚。

在发现林凯的那一刹那，沈茹的眼泪夺框而出，她不顾一切地冲出家门，冲到林凯面前，两个人紧紧地拥抱在一起。

沈茹听到身后的楼道里有人走动的声音，担心是妈妈追了出来。急忙从林凯怀里抬起头来说："你带着我跑一圈吧。"

林凯的眼睛盯着沈茹身上单薄的衣服迟疑了。不过，马上他就做出了自己的决定。以最快的速度把自己的皮帽子、围巾、大衣、手套一股脑儿地全部包裹到沈茹身上，然后骑上自行车载着沈茹奔入茫茫夜色之中。

四面八方的鞭炮声此起彼伏，空气中弥漫着刺鼻的硝烟味儿。林凯和沈茹对于这些浑然不觉，他们完全沉浸在独处的欢愉之中，仿佛这个世界上只有他们两个人，仿佛之前所有的阴霾都消散了。

他们骑行在大连最繁华的中山路上，路过斯大林广场，路过青泥洼桥，路过友好广场，路过一切可以见证他们爱情的地方。

沈茹侧坐在后座上，闭着双眼，把头倚靠在林凯的后背上，两条胳膊紧紧地环住林凯的腰，她希望林凯永远不要停下来。

一阵朔风吹过，林凯打了一个寒战。沈茹抬起头来看到林凯冻得通红的两只耳朵，赶紧伸出戴着手套的双手紧紧地捂住林凯的耳朵，林凯回头一笑，这一幕动人的画面被定格在那个寒冷的除夕之夜。

除夕之夜的疯狂之举让林凯得了一场重感冒，等他感冒彻底好了，他家里也迎来了一个大事件。他家早年被送养的一个姐姐回来认亲了，这让林凯的妈妈喜出望外，她老人家将自己所有的注意力，全部倾注到林凯这位名字叫肖雨的姐姐身上。

转眼到了 5 月，林凯和沈茹的结婚计划仍然卡在那张介绍信上，就在他俩一筹莫展之际。我通过反复向有关部门咨询、探讨，最终确认了一个好消息，并且在第一时间来到林凯工作的邮政所，告诉他这个好消息。

从林凯单位离开后，我本想直接去沈茹工作的银行。不过，看时间沈茹应该下班了，遂直接赶到沈茹家。正巧，沈茹在她哥哥的“护送”下刚刚到家。

沈茹知道我这个时间去找她一定是有要紧的事情，连忙把我拉进她的房间，关上房门和我“密谋”要事。

我从包里掏出一张纸递给沈茹。

“喏，这是我在我们街道管结婚登记的地方现抄的《婚姻登记办法》第五条，你好好看看吧。”

沈茹边看边轻声念道："婚姻登记机关经审查了解，对符合婚姻法和本办法规定的，应准予登记，发给结婚证；对不符合婚姻法和本办法规定的，不予登记，并向当事人进行婚姻法的宣传教育。申请结婚的当事人，因受单位或他人干涉不能获得所需证明时，婚姻登记机关查明确实符合婚姻法和本办法规定的，也应准予登记，发给结婚证。"

沈茹又重新看了一遍，眼睛立刻一亮，兴奋地对我说："也就是说……"

她的声音有点高，我连忙把右手食指放到嘴上："嘘。"

沈茹吐了吐舌头，接着低声说道："也就是说，不用我们单位的介绍信，我和林凯也能拿到结婚证，对吗？"

"没错的。"我笑着回答。

沈茹激动地和我拥抱在一起。

"太好了，娉婷谢谢你。"

"先别急着高兴，你妈把你的身份证和你家的户口簿都没收了，你拿什么去和林凯登记？"

沈茹狡黠地笑了笑，脸颊上那对酒窝清晰地呈现出来，甚是好看。

"这不是问题，我妈把身份证和户口簿藏在挂钟里。我早就发现了，一直留了个心眼儿，不动声色，就等着事情有转机时，再偷偷把身份证和户口簿转移走。"

经过一番商量后，我们决定赶早不赶晚，立即重启林凯和沈茹原先的那个结婚计划。

具体步骤是沈茹先利用半夜上厕所的工夫，偷偷把身份证和户口簿拿到手。等第二天早上她爸爸“护送”她到银行后，再找个借口跟单位领导请假外出，然后和林凯一起到林凯家所在的街道登记。

我随后又去了一趟林凯家，向他告知了详细情况。等回到家时，已经快到九点了。

“吃没吃饭？”

每次晚归，我妈妈见到我的第一句话都是这句。如果不是她问我，我自己都忘记了还没吃晚饭。

“吃过了。”我随口回答。

又翘班为林凯和沈茹的事四处奔走了一天，身上有些乏，根本没胃口吃饭，只想到床上躺着。

二姐嫁人后，原来我们俩的房间变成了我一个人的空间，我可以无所顾忌地做自己想做的事情。

林凯和沈茹很快就要成为真正的夫妻了，我在心里既为他们高兴，又有一种酸酸的感觉。

我一整晚都躺在床上静静地望着天棚，录音机里播放着台湾歌手陈明真的歌，我特别喜欢她唱的那首《我用自己的方式爱你》，我觉得她唱的就是我自己的心声：

我用自己的方式悄悄地爱你，

你是否为我的付出表示在意。

我用这样的执着优柔地对你，

你是否为我的期待满怀歉意。

喔……音乐缓缓响起，

听见自己说爱你。

喔……摇摆梦的旋律，

幻想拥有你的甜蜜。

哪怕你我感情的归依，

一个向东一个向西。

哪怕你我感觉的距离，

一个在天一个在地。

哪怕你我投射的眼睛，

一个有心一个无意。

哪怕你我最后的背影，

一个安静一个哭泣。

第二十七章

窗下那棵银杏树

Chapter 27

俗话说，人要是倒霉放屁都能砸到脚跟，这话用在林凯和沈茹身上再贴切不过了，他们最终还是没能结成婚。

那天早上，已经如愿拿到身份证和户口簿的沈茹像怀揣着一只小兔子一样，心里七上八下的。直到和她爸爸一起走到门外，才稍稍松了一口气。

可是，沈茹低估了自己的妈妈。在那段非常时期，每当沈茹出门后，她妈妈会立即查看挂钟里藏着的东西是否还在。

当看到挂钟里已经没有了户口簿和沈茹的身份证后，她妈妈马上意识到将要发生什么事情，赶紧追到门外。

沈茹本来就心虚，看到妈妈凶神恶煞般地追了出来，知道情况不妙，转身撒腿就跑。沈茹的爸爸不明所以，还呆立在一旁，等弄清楚情况后，和沈茹妈妈一起去追沈茹。

就这样，沈茹在前面跑，她父母在后面追，始终保持着一段距离。路过一个十字路口时，沈茹不顾前面亮起的红灯直接冲到马路上，在她即将跑到马路对面时，身后响起一声刺耳的急刹车声。

沈茹不由得停了下来，慢慢回身看了一眼。一辆公交车停在马路中央，离车头不远的地方，她的爸爸躺在地上。

沈茹的大脑一片空白，她不敢相信眼前的一切是真实的。沈茹想冲到爸爸跟前，可是两条腿却不听她的使唤，定在那里动弹不得。只能眼睁睁地看着一摊血从爸爸的身底下慢慢散开，自己的妈妈疯了似的冲上前捧起爸爸的脑袋，拼命地高喊："老沈，老沈。"

很快，围观的人群阻隔了沈茹的视线，她看不到自己的爸爸了，只听到从人群中传来妈妈撕心裂肺般的哀嚎，沈茹随即瘫倒在地。

这场车祸让沈茹失去了自己的爸爸，也失去了和林凯结婚的机会。沈茹爸爸的葬礼结束后，沈茹的妈妈对沈茹说："你爸临终前在我怀里只说了一句话，他说如果你和那小子结婚，他死不瞑目。以后你的事儿我不管了，你自己看着办吧。"

沈茹泪如雨下，痛不欲生。沈茹知道她同时失去了自己最爱的两个男人。残酷的现实也令林凯心如刀割，沈茹爸爸的去世还有那句临终遗言像一座大山一样横亘在他和沈茹面前，今生今世他们俩都无法逾越这条鸿沟。

我在深深地为他俩感到难过的同时，也在不断自责。如果不是我建议的方法太过激进，事情也不会演变成最后这种无法挽回的局面。

那段日子，我只要有空就会陪伴在沈茹身边，希望她能尽快从悲痛中走出来。只不过，我扮演的似乎总是帮倒忙的角色。

那天晚上，从沈茹家离开后，沈茹执意要送我。

在她家楼下，我们本已挥手告别，沈茹却又叫住了我。

“娉婷，谢谢你一直以来对我的帮助。”

沈茹的口气像是在告别，我不由得心下一紧，下意识地猜测她是不是要自杀。

“怎么了？沈茹，我们俩还需要说这些吗？”我关切地问道。

“能最后再帮我一次吗？”

“沈茹，你别吓唬我啊，你到底是怎么了？”

“别担心，我不是要做傻事，而是想请你帮忙问一下，做修女需要什么手续。”

“你要做修女？”我瞪大双眼问道。

“是啊，这辈子不能做林凯的妻子，我也不可能嫁给别人。记得你以前说过有关修女的事，我觉得做修女也挺好的。”

听她这么说，我心里后悔不迭，自己当初只是一句无心的玩笑话，竟让此时的沈茹认真起来。赶忙劝阻道：“我那是开玩笑的，你怎么能去当修女呢？”

“我是认真的，你帮我问问吧。”沈茹完全是毋庸置疑的语气。

我劝说了沈茹很久，却无济于事。见不能说服她，我也动了真气，确切地说是生我自己的气。最后我强硬地说道："我是不会帮你问的，你就死了那个心吧。"

说完我扭头就走。

沈茹铁了心要去当修女，她用最快的速度办理完辞职手续后，买了一张大连到抚顺的火车票，她要到抚顺圣心修女会去做一名修女。

为沈茹送行时，我和她在月台上相对无言了很长时间。

在沈茹拖着行李即将上火车时，我们俩几乎同时看到不远处默默站在那里的林凯，他正目不转睛地望着沈茹。

林凯原本俊朗的脸上沧桑感十足，沈茹缓缓走到林凯面前，四目相对，无语凝噎。

我不由自主地信步跟在沈茹身旁，当我反应过来自己不该打扰林凯和沈茹最后的二人世界时，连忙后退了几步，把空间留给他们俩。

林凯和沈茹始终凝望着对方，谁都不说话。我打心眼儿里不希望他俩用彼此沉默的方式告别，心里面急得火烧火燎的。还好，最后沈茹开了口："火车马上就要开了，没有话对我说吗？"

"还记得三毛的《如果有来生》吗？如果有来生，要做一棵树，站成永恒。没有悲欢的姿势，一半在尘土里安详，一半在风里飞扬。我只想说，如果真的有来生，我要做你家窗下那棵银杏树，永远站在那里凝视你。"

林凯说得很慢，也十分动情，他的嘴唇微微翕动着，有两行泪水从他脸上慢慢滑落下来，这是我第一次看到林凯流眼泪。他小时候跟着他爸爸一起挨批斗时，都不曾见他掉过一滴眼泪。沈茹早已泪如泉涌，情不自禁地扑到林凯的怀里。

我站在一旁也跟着红了眼圈，这般情景让人心里特别不是滋味，甚至可以说是愤愤不平。为什么要让有情人命运多舛呢？林凯和沈茹对彼此的深爱，非得要用这么残忍的方式来证明吗？

沈茹并没有在林凯怀里待多久，她紧紧地拥抱了一下林凯后就松开了双手。

沈茹抬手轻轻地拭去林凯脸上的泪水后，转身走过来伸手把我拉到林凯面前。

沈茹面朝着我深吸了一口气，平复了一下情绪，然后淡淡地说道："这些日子，我总在想，为什么我的爱情会有那么多的事与愿违。后来，我想通了，也许老天爷是在垂青你。娉婷，你确实比我更适合做林凯的妻子，替我好好照顾他吧。"

这话沈茹是对着我说的，但更像是说给林凯听的。沈茹说完后头也不回地拖着行李径直上了火车。

几天后，林凯也辞掉了工作，背着行囊踏上了一列开往上海的火车。

第二十八章

珠江路饭店的馄饨

Chapter 28

沈茹被抚顺圣心修女会正式接纳后，和我一直保持着书信联系。林凯在上海的情况我只能偶尔从小芳姐嘴里听到只言片语。

我时常会想，此时此刻的林凯在做什么？他过得好不好？那种心心念念的感觉随着时间的推移越来越强烈，我迫切地希望能有一件事转移一下自己的注意力。

没想到，真的发生了一件大事，让我不得不暂时收起对林凯的思念。

1991 年 8 月 13 日，我的妈妈正式确诊得了尿毒症，而且还是晚期的，每星期要去医院做三次血液透析。

大姐远在天津，二姐怀有身孕，都帮不上忙。我只好一个人在家里、医院、单位之间来回穿梭，即使力不从心，也只能咬牙坚持，两个多月下来，整个人身心俱疲。

小芳姐在 9 月末查出得了肺癌，还好是早期，10 月中旬做了手术。我只在小芳姐做手术的当天去帮忙照顾了一天，因为还要兼顾妈妈这一头，更多的时候我是有心无力。

10 月末的一天下午，我又带着妈妈去医院做透析。在透析室外面的座椅上等候时，我不知不觉睡着了。

等我醒来的时候，发现自己倚靠在一个人的肩膀上。我连忙坐正了身子，同时向那个人说了一句："不好意思啊。"

"没关系的，娉婷，你太累了，眼圈那么黑。"那个人笑言。

我一怔，不由得侧头端详了一下那个人的脸，是一个二十多岁戴眼镜的小伙子，身上穿着白大褂，是个大夫。我越看他越觉得面熟，却一时又想不起来他是谁。

"杜娉婷同学，见到老同学也不问候一下吗？"那个人又说道。

我还是一头雾水，望着他的脸发愣。

见我还是没认出他来，那个人摘下了眼镜，我一下子就认出他了。

"宋卫强，怎么会是你。"我惊喜道。

宋卫强笑盈盈地反问道："怎么就不能是我呢？"

高考那年，宋卫强考上了中国医科大学。他去沈阳念大学后没多久，他家就搬走了。我和他也失去了联系，一晃几年没见，宋卫强不论是外貌还是言谈举止都比过去成熟了许多。

通过细聊，我得知宋卫强在这家医院做实习医生，宋卫强也了解了我目前的情况。

和宋卫强聊了一会儿，我突然觉得有些不对劲儿。

“宋卫强，你原来说话不是磕磕巴巴的吗？”我惊奇地问道。

“你才发现我说话不磕巴了呀。”宋卫强笑着说道。

至于为什么说话不磕巴了，宋卫强却闭口不谈。正好这时我妈妈透析结束了，我和宋卫强不得不结束了这次意外的重逢。

两天后的下午，又到了妈妈做透析的日子。我扶着妈妈走出楼外，打算还是像往常那样骑自行车载着妈妈去医院。

这时，一辆面包车在我和妈妈身旁停了下来。副驾驶一侧的门开了，下来一个人，我一看竟是宋卫强。宋卫强向我妈妈打招呼道：“阿姨好，来，上车吧。”

宋卫强说着就去扶我妈妈，我妈妈转头问我：“这是你找的车啊？”

我只好向宋卫强问道：“怎么回事啊？宋卫强。”

宋卫强此时已经拉开了车的后门，把我妈妈扶上了车后，宋卫强回头冲我摆手道：“上车再说吧。”

我只好也上了车。

司机是一个长头发的小伙子，宋卫强在副驾驶的位置坐定后，指了指司机对我说道：“这是我哥们儿，长毛，以后阿姨去我们医院做透析由他来接送。”

我本想推托，可转念一想，总骑自行车送妈妈去医院也不是个事儿，妈妈做完透析身体本来就虚弱，尤其是天冷了以后，有诸多不便之处。遂说道：“这样也好，我们付车费。”

“这事儿不急，以后再说。”宋卫强轻描淡写地说道。

从那以后，妈妈每次去医院做透析都由长毛开车接送。我和妈妈在医院的时候宋卫强只要有空，都会鞍前马后地帮着忙这忙那，这让我对他非常感激。

长毛是个大大咧咧的人，特别爱说话。每次接送我和妈妈过程中嘴上都说个不停，我也和他逐渐熟络起来。

有一次，长毛开车送我们回家的路上，我和他有一搭没一搭地聊着天。

长毛：“其实咱俩以前就见过，你还记得吗？”

我疑惑道：“是吗？我没印象了。”

长毛：“上高中那会儿，有一次我们几个人一起在强子家看黄色录像，刚看没一会儿你就去了，给我们吓了一跳，还记得不？”

听他这么一说，我隐约回忆起那次在宋卫强家看到的三个陌生人里面有一个头发挺长的。

我恍然大悟：“想起来了，里面是有你。”

“你不知道，那天你走了以后，强子那个郁闷呀，像祥林嫂似的反复说，他在你心目中的好印象这下全完了。”

我扑哧一下乐了：“他在我心里的形象一直都不怎么样。”

长毛：“他在你心里的形象不怎么样，你在他心里可是一直占据着至高无上的地位。”

“不会吧。”我感到难以置信。

长毛通过后视镜看到我妈妈在后座上睡着了，接着神秘兮兮地对同样坐在后座上的我说：“小杜，我和你说个事儿哈。”

我等了半天也没听到下文。

“你说呀。”我催促道。

“这是我自己偷偷和你说的，在强子面前你可要装作什么都不知道啊。”长毛嬉皮笑脸地说道。

“你快点说吧。”

“强子对你是真上心，你知道强子的结巴是怎么练好的吗？我那次去沈阳看他时，看到他站在学校操场上一个没人的角落里练习说话，他一字一顿地说着：‘杜—娉—婷—我—爱—你。’就那么反反复复地练着。”

长毛的话令我大吃一惊，从未想过自己会在宋卫强心里这么重要。我沉默了，也愣住了，直到车开到家门口才回过神来。

我每次到家下车时都会在车座上留下五块钱，可下次再去医院时，宋卫强都会把五块钱车费强塞给我。

我心里一直过意不去，也不想欠宋卫强太多的人情。就打算请宋卫强和长毛吃一顿大餐，宋卫强得知后一口应允，长毛却无论我怎么劝说都是婉拒的态度。

我只好先请宋卫强一个人吃，至于长毛，来日方长，以后再找机会。

宋卫强想去珠江路饭店吃，对于这一点我没意见。但宋卫强一开始选定的时间是 12 月 11 日，这却是我坚决不能接受的。

我没说明具体原因，只说那天不行，宋卫强也没追问，把一起吃饭的时间推后了一天。

那天晚上七点半，我如约来到珠江路饭店。酒过三巡菜过五味后，宋卫强一时兴起，又跟服务员单独点了一碗馄饨。

馄饨端上来后，宋卫强用勺子不停地呷馄饨汤喝。

“娉婷，你知道我为什么选在这里和你一起吃饭吗？”宋卫强突然问道。

见我摇了摇头，宋卫强不无感慨地说道：“以前早上上学路过这里时，经常能看见你在这儿吃馄饨。有时候，明明已经吃过早饭了，但为了和你单独待一会儿，我还是会进来买一碗馄饨，厚着脸皮凑到你跟前。可每次你都是匆匆吃完自己的那碗就走，从不等我。只有一次，你吃完自己的那碗后没有马上走。因为，那天林凯也来吃馄饨了，你要等他吃完后一起走。”

宋卫强的目光像烛光一样柔和，给人暖暖的感觉，脸上洋溢着淡淡的忧伤。看他慢条斯理、娓娓道来的神情，似乎有很多话要诉说。我不得不打断他，因为他的话让我觉得不安，我担心他接下来会向我表白，这是我最不愿意面对的。

“卫强，我之所以不愿意在昨天和你一起吃饭，是因为昨天是林凯的生日，我不愿意在他生日那天和别的男人单独在一起。”我慢慢说道。

宋卫强的眉头拧成了一个疙瘩，好半天才舒展开来，脸慢慢涨红又慢慢恢复本来的颜色。

最后他用十分沉重的语气说道：“我明白了。”

吃完饭后，宋卫强坚持要送我回家，我们一路无语。

临分别时，宋卫强一脸严肃地说道：“娉婷，天底下不是只有林凯一个男人。即便你不接受我的感情，也请你抬起头来，好好审视一下别的男人，别耽误了自己。不管怎么样，我们俩都是好朋友，我永远会站在一个离你不远不近的地方，关注着你。”

宋卫强的这番话让我非常感动，目送他渐渐远去的背影，我心里有一点点酸楚，我对林凯的感情和宋卫强对我的感情，难道不是一样的吗？

这种感同身受倒让我对宋卫强有几分歉意，可千万别因为我影响到他的幸福，希望他以后能找到和他互相深爱的另一半。

第二十九章

最后一瓶繇草香

Chapter 29

1991 年年末，林凯回到了大连。他只在家睡了一个晚上，就和小芳姐一起赶赴甘肃，去找一位专家为小芳姐治病。小芳姐的病情远非表面看起来那么乐观，等他俩回来的时候，已经是 1992 年了。

那位专家为小芳姐开了一个药方，但是药方里有一味名叫扁吻鱼卵的药材已经在市面上断货快一年了，专家自己的一些供货渠道也都无法搞到这种药材，患者想用只能自己想办法。

扁吻鱼卵顾名思义就是雌性扁吻鱼产的卵，这种鱼类只在中国新疆有。过去人们只知其肉质鲜美，却很少有人知道它的卵可以入药。由于长期过度捕捞，扁吻鱼已经几乎绝迹，扁吻鱼卵这种药材自然也在市面上慢慢消失了。

扁吻鱼卵是药方里最关键的一味药材，它的缺失意味着小芳姐的病已无药可救。就在林凯和小芳姐心灰意冷地要离开专家那里时，那位专家最后补充了一句："维医（**注释：**维吾尔族医生。）自古就有将扁吻鱼卵入药的传统，也许在个别维医那里还有少量存货。倘若你们愿意，可以去新疆找维医碰碰运气。但时间很紧迫，一定要尽快，否则就来不及了。"

小芳姐自己已然放弃，林凯却不甘心，他不顾小芳姐的一再劝阻，回家后没待几天就只身去了新疆，春节都是一个人在新疆过的。

在我妈妈的病确诊时医生就断言，妈妈的生存期大概为半年。现实的发展也的确如此。春节过后，妈妈的身体每况愈下，直至 4 月初离开人世。

妈妈的后事是在宋卫强的帮助下完成的，在此期间他一直陪在我身边，给了我极大的安慰。只不过，每当我一个人回到家里时，总是会忍不住泪流满面。

给妈妈烧头七那天，完事之后又是宋卫强送我回的家。我实在不愿意一个人面对家里冰冷的墙壁，遂请求宋卫强留下来陪我待一会儿。

我们俩默默地并排坐在我家外屋的沙发上，过了很长时间，我才想起应该给宋卫强倒杯水喝。

不料，由于先前在妈妈墓前哭得太久太伤心，浑身绵软无力，起身时一时没站稳，直接倾倒在宋卫强身上。

我下意识地挣扎两下站了起来，随手胡乱地整理了几下前额的头发。我有些难为情，杵在那里，不知道该说什么好，气氛一时有些尴尬。

宋卫强缓缓站了起来，我的目光躲闪着，不敢和他直视。他轻轻地将我揽入怀中，我没有拒绝，他温暖的怀抱恰恰是心力交瘁的我最最需要的。

女人在疲惫时会对男人的怀抱格外贪婪，我久久不愿从宋卫强的怀里离开。如果自己倚靠的是林凯的胸膛该有多好，我情不自禁地这样想着，以至于慢慢产生了我是在和林凯拥抱的错觉。

当我清醒时，一把推开了宋卫强。在心慌意乱中，以去倒水的名义，借故逃离了外屋。

林凯自从去了新疆后就音信全无，小芳姐的病情犹如躲在草丛里等待猎食的野兽，一点点地露出了狰狞面目。

林凯走后没多久，小芳姐就被查出不仅肺部的肿瘤复发了，而且肝上也出现了转移灶。等林凯回来时，小芳姐身体里的癌细胞已经像洪水一样在全身泛滥开来。

林凯家有一种祖传的中药，名叫繇草香，治疗鼻炎有着特别好的效果。听林凯说繇草香除了能治鼻炎外，还有另一种更为神奇的功能，至于具体是什么，他秘而不宣。

繇草香的配方已经失传，林凯走的时候带走了家里仅剩的一瓶繇草香，这瓶繇草香最终派上了大用场。

林凯在新疆辗转多地，经过多番周折，终于找到了一位拥有扁吻鱼卵的维医。无奈林凯出多少钱那位维医都不肯卖，万不得已之下，林凯拿出了那瓶繇草香。

那位维医在见识到繇草香那个神奇的功能后，立即同意用扁吻鱼卵来换繇草香。

非常遗憾的是，林凯所有的努力终究还是没能挽回小芳姐的生命。小芳姐去世前两个月，林凯的妈妈在一次收拾家务时，偶然看到了一封肖雨写给林凯的信，得知肖雨也同样病重的消息。

老人家放下信后就发疯似的四处寻找肖雨，最后得到了肖雨元旦刚过就去世的噩耗。

经不住接连失去两个女儿的打击，林凯的妈妈一病不起。经过大半年的调养，老人家的身体才逐渐恢复，却大不如前。她苍老了许多，生活习惯上也发生了颠覆性的改变。老人家不再去教堂了，家里所有和天主教有关的东西都统统被她扔进路边的垃圾箱里，她彻底放弃了自己信仰了四十年多年的天主教。

我和林凯相继失去自己的至亲，同病相怜的我们俩不但没能继续往日的亲近，反而渐渐疏远起来。

不知何故，林凯从新疆回来后就对我不冷不热的。起初，我以为他忙于照顾小芳姐无暇顾及别人。小芳姐去世后没几天，林凯又开始照顾生病的妈妈。我几次去医院和他家里探望他，林凯对我的态度都十分客气，那是一种让人感到生分的客气。

我虽然感觉别扭，但也没太介意，觉得林凯还处在消沉状态中，过段时间就好了。可是，又过去好长时间，林凯对我的态度依然如故，这让我非常费解。

我几次都想找林凯单独聊一聊，他都推托有事避开了。后来，林凯应聘到报社做校对工作，天天上夜班，还利用业余时间读电大。我和他的作息时间正好相反，平时连见一面都不容易，更别说单独聊一聊了。

第三十章

喜从天降

Chapter 30

岁月在不经意间走过了一年又一年，当时间来到 1995 年时，我已经慢慢习惯了林凯对我的那种敬而远之的态度。

3 月的一天晚上，我正在家里看电视，门外响起了急促的敲门声。我走到门口，意外发现站在门口的竟然是林凯，他可是好几年没来我家了。

我马上开了门，惊奇地问道："你怎么来了，这个时间你应该在报社上班呀？"

"我实在是没心思干活儿，就临时请假过来了。娉婷，我有话对你说。"林凯郑重其事地说道。

"快进来吧。"

我把林凯让进屋里，请他在沙发上落座。他不肯，非要站着，我也只好陪他站着。

“有事你就说吧。”我轻声说道。

谁知林凯却像嗓子被什么东西堵住了似的，双眉紧蹙，一副欲说还休的表情。

“怎么了，林凯？”

“娉婷，我有好多话想对你说，一时又不知该从何说起。”林凯苦笑了一下。

我有点发蒙，为了让林凯放松下来，我随口和他拉起了家常。

“你都多少年没登我家门儿了，上次来还是你去上海的那年春节，你来拜年。”

林凯急忙辩解道：“不是的，我上一次来是从新疆回来的那天。”

“我怎么没有印象？”我不解道。

“不过，那天我没进来，我在门口透过玻璃看见你和一个男人……”不知林凯是有意还是无意，他语顿了一下才继续说道，“……抱在一起。”

我好像明白了什么，急切地想听林凯接下来的话。

“今天下午，我带我妈去医院复查时，偶然碰到了宋卫强。宋卫强告诉了我很多事，我才知道那天和你抱在一起的人竟然是他，我……”

林凯语塞了，我有一种强烈的预感，林凯将要说的话也许是我非常愿意听到的。我强迫自己按捺住迫切的心情，耐心地等待下文。

过了一会儿，憋了半天的林凯终于娓娓道来：“记得我姐做肿瘤切除手术的前一天，我去上海的一家医院探望住院的张超。听张超同病房的病友讲，在那家医院的院子里有一棵很大的梧桐树，很多人用在树上刻字的方式祈福，非常灵验。结束探望后，我来到了那棵梧桐树前，上面密密麻麻地刻着不同人在不同时期刻的字，我想在上面找一块空当为我姐祈福，我找了很久都没找到合适的位置。就在我几乎要放弃时，我看到了一行让我震撼不已的刻字：林凯、杜娉婷，1985 年 4 月 7 日。面对那行字我伫立了很长时间，原先一直以为心里只有沈茹一个人，其实这个叫杜娉婷的女孩儿早已走进我的心里，只是我自己不知道而已。我想立刻来到她面前，和她说：‘对不起。’和她说：‘其实我是喜欢你的。’但理智告诉我还不行，喜欢一个人应该心无旁骛。我不允许自己在向你表白时心里还有其他人。我暗暗起誓，要用三年时间忘掉沈茹，如果做不到，就把这份感情埋藏在心底。那天，看到你和别人拥抱后，我是带着无比失落的心情走的，我以为自己今生再也没有机会向你袒露心声了。”

我早已被泪水模糊了双眼，惊喜来得太突然，让我分辨不清自己是在现实中还是在梦境里。

我带着哭腔问道：“那你现在忘记沈茹了吗？”

这一问让林凯沉默良久，最后他嗫嚅道：“对不起，你愿意接受这样的我吗？

“为什么要说对不起？又为什么要忘记沈茹？让沈茹永远留

在我们内心深处不好吗？”我动情地说道。

林凯阴郁的脸上终于露出了灿烂的笑容，深情地拥我入怀。这是我第一次和林凯有这么亲密的接触。在林凯怀里，我感到特别踏实，特别幸福。

我和林凯就这样相爱了，我们一起吃饭、逛街、看电影，一起去人民体育场看甲A联赛，一起去人民广场放风筝，我们一起做着天底下所有情侣都会做的事情。

徜徉在爱的海洋里，我深深地陶醉了。

很多年前，我曾看过一本名叫《试情》的爱情小说，是岑凯伦写的。我觉得自己的经历像极了小说里的女主角，尤其是小说的最后一段完全就是我的人生写照：

> 然而，她终于醒觉了，美梦早已在她手中，这一次，她是永远不会让它溜走了！她绝对不会再孤单、再寂寞。这美梦将永远伴在她身边——因为她有了他。这，已经够了。

我和沈茹多年来一直保持着频繁且有规律的书信联系。我们每一封信都会连篇累牍地将自己的近况，毫无保留地详细告知对方，甚至详细到连一个小细节都不放过的程度。所以尽管我们几年未曾谋面，但对彼此的情况都了如指掌。

我并没有第一时间在信里告诉沈茹，我和林凯相爱的消息，我始终觉得这个消息对沈茹有点残酷。可是，这确实又是一个无法隐瞒的事情。

思量再三，我最后还是在一封信中，如实告知了沈茹这个消息。沈茹的回信比往常迟到了三天，她在信里祝福了我和林凯，可我心里面却很不是滋味。

5 月的第一个星期天，我和林凯又一起去人民体育场观看球赛，最终大连万达队 2：1 战胜八一队。

比赛结束后，我和林凯兴高采烈地来到珠江路饭店吃饭。席间闲聊时，我问林凯："当年如果不是我主动问你，你会想搞清楚到底是谁在你家门前放了一双新胶鞋吗？"

林凯假装思考的样子说道："可能会吧。"

我撅着嘴道："我不信，你骗人。"

林凯笑而不语。

我又问："以前我们一起念高中的时候，你是不是从来都没有好好注意过我？"

林凯调侃道："谁说的？其实你那时候就挺有魅力的了。"

我撇嘴道："切，又骗人。"

林凯若有所思地盯着我的脸，表情逐渐严肃地来。

"说实话，以前我还真不是故意冷落你。只是每次看见你，我都会不觉地想起小时候那些不好的回忆，想起那些坏人把我推倒，你过来扶我，我再把你推开的场景。"

我不由得伸出双手紧紧地捂住林凯的一只手。

第三十一章

戴在右手无名指上的戒指

Chapter 31

每逢过年过节，我都会去沈茹家看望沈茹的妈妈。1995 年 6 月 2 日这一天是端午节，晚上我照例来到沈茹家拜望。

沈茹的哥哥两年前结婚后就搬出去单过了，沈茹家只剩沈茹妈妈一个人独自居住。见我来了，沈茹妈妈热情地招呼我坐到她身边，拉着我的手和我唠着家常。

唠了一会儿，沈茹妈妈不自觉地将话题转移到沈茹身上。她伤感地说道：“沈茹离开家四年了，这些日子我总在想，当年可能是我错了，不该那么强烈地反对她和林凯。”

我安慰道：“阿姨，您别想太多了，有些事不是人为能控制的。父母做所的一切决定，出发点一定都是为了子女好。”

“娉婷，阿姨想求你件事儿。”

“阿姨您别客气，有事直接交代给我就好。”

“其实当年沈茹他爸临终前说的最一句话是让我成全沈茹和林凯，我不想因为我毁了沈茹一生的幸福。阿姨想麻烦你去问一下林凯，如果他还愿意和我家沈茹好，就去抚顺把沈茹给接回来，顺便告诉沈茹，他爸最后是希望她和林凯好的，解开她心里的疙瘩。”

沈茹妈妈的这番话对我来说无异于晴天霹雳。

“娉婷，娉婷。”

沈茹妈妈轻轻推了一下已呆若木鸡的我。

“娉婷，你愿意帮阿姨这个忙吗？”

我随口讷讷道：“好，好。”

我不知道自己是怎样离开沈茹家的，只记得我的脑子里乱成了一团糨糊。老天爷像是和我开了一个玩笑，又像是故意捉弄我。

前不久，沈茹曾在信中告诉我，她将会在6月10日星期六下午一点正式发永愿。沈茹妈妈偏偏在这个时间节点交代我这件事，老天爷似乎是有意要让林凯和沈茹这对有情人终成眷属，我不敢继续往下想了。

我应该怎么办？特别是在面对林凯的时候，我犹豫不决，好几次想将此事告诉他，话到嘴边又硬生生咽了回去。我害怕会就此失去林凯，又不想一辈子承受良心的谴责。

说还是不说，这是一个问题。我经常会用一整夜的时间来思考这个问题。在矛盾和纠结中，我度过了人生中最煎熬的一个星期。

6 月 9 日星期五，林凯休息。晚上我和林凯相约一起看电影，心猿意马地看了不到半个小时，我终于坐不住了，觉得在这种心境下看电影实在是一种莫大的折磨。遂借口头疼和林凯提前离开了电影院。

在回家的路上，林凯一直东拉西扯，需要我做出回应时，我尽量选择一些简单的词汇敷衍过去。

临别时，林凯突然问我："娉婷，你是不是有心事？"

我抿了抿嘴唇，轻轻摇了摇头。

林凯用双手捧起我的脸，关切地说道："看你的眼睛涣散无光，一副心事重重的样子。"

我不敢和他对视，只能强颜欢笑道："没什么，可能这几天没休息好吧，睡一觉就没事儿了。"

"那你好好歇着吧，我走了。"

林凯道完别，转身走了。我驻足原地注视着他的背影。

"林凯。"

我忍不住又叫住了他。

"怎么了？"林凯转过身子追问。

"假如……假如沈茹现在回来了，和你说她还爱着你，想和你结婚。而且她妈妈也不反对了，你会怎么做？"我紧盯着林凯的眼睛问道。

林凯一怔，喉结上下滚动了一下。

“为什么突然问这个问题，沈茹真要回来了吗？”林凯反问。

“不是，我只不过是随便一问。”我故作平静地说道。

“别胡思乱想了，娉婷，赶紧回去好好睡一觉吧。”

我黯然点了点头。

林凯没有正面回答我的问题，但这已经让我很满意了。我终究还是没有把沈茹妈妈交代的事说出口，我真的舍不得我的林凯。

回到家后，我迅速钻进被窝里。只要睡上一觉，明天早上醒来，即便林凯知道实情，也来不及了。

想到这一点，我吓了一大跳，为了永远和林凯在一起，我竟然会冒出如此龌龊的想法。虽然在心里我鄙视着自己，但我还是把这个想法付诸在实际行动上。

我把头埋进被子里，一门心思想赶紧入睡。辗转反侧了很久，越是想清空大脑，越是不得清静。数了无数遍羊，数着数着就开起了小差儿，脑海里自动浮现出沈茹的脸来。

我快要疯掉了，最后也终于想通了。如果不马上将实情告诉林凯，我这辈子别想再睡一个安稳觉。我坐起来看了一眼手表，此时正好是 6 月 10 日凌晨三点。

三分钟后，我跑步来到林凯家门口。使劲儿砸了一通门后，门总算开了，林凯睡眼惺忪地出现在我面前。没等他先开口，我抢先用最简洁的语言向他坦陈了一切。

林凯听完后，不仅睡意全无，而且目光如炬。

林凯急不可耐地说了一声："得赶紧去火车站。"然后没顾上和他妈妈打声招呼，也顾不得换衣服，直接穿着睡衣和拖鞋冲了出去。

林凯用实际行动回答了昨晚临别时我问的那个问题。一种难以名状的刺痛感遍布我心里的每一个角落。我没时间回味这种痛苦，跟林凯一起往火车站赶。

三点三十五分，我们赶到大连火车站。大连直达抚顺的车次不多，时间也都不合适。我们在售票窗口经过一番咨询后，确定了一条最快捷的路线。先搭乘一趟途经沈阳的列车，从沈阳下车后再坐出租车到抚顺。

四点零四分，我和林凯坐上了那趟途经沈阳的列车。上车前，我们大致估算了一下时间。从大连到沈阳需要五个多小时，只要火车不晚点太多，上午十点之前肯定能到达沈阳。

我和林凯以前都没去过抚顺，对坐出租车从沈阳到抚顺这一段路程需要花费的时间没有概念。不过，沈阳和抚顺这两座城市相距并不远，我们判断两个小时应该足够。这样我们就能在下午一点之前赶到抚顺圣心修女会，时间完全来得及。

我和林凯对坐着，我们不约而同地将目光投向窗外，有意避开彼此眼神的对接。窗外一掠而过的风景如同过眼云烟，没有在我们的脑海里停留哪怕半刻。

一路上，我们谁也没有说话，也都不知道该说什么好，各自想着心事。林凯特殊的穿着一上车就引来其他旅客的侧目，他对此完全不在乎。林凯不时看一眼手表，这趟车是慢车却还算顺利，一直没有出现晚点的情况，他紧绷的脸上慢慢放松下来。

上午九点四十二分，火车到达沈阳站。在此之前，林凯已经早早地站在车门前候着了，只等车门开启就立即第一个下车。

出了沈阳站，我们没费多少时间就打到了一辆出租车。此时还不到十点，一切看起来非常顺利。

但是，我们非常不走运，在沈阳市内的一座立交桥上遇到了严重的堵车。因为前方有事故发生，出租车一动不动地停了近两个小时。我和林凯心急如焚，却也无可奈何。林凯不停地长吁短叹，频频看表。

盼星星盼月亮，终于下了那座立交桥，已经是快到中午十二点了。时间变得异常紧迫，好在出租车终于疾驰起来。

我十分担心前方再遇到其他意外情况，万幸一路坦途驶入抚顺境内。由于司机和我们都不知道抚顺圣心修女会的具体位置，进入抚顺市区后，边打听路边开车，车速一时又慢了下来。

林凯焦急万分，戴着手表的左手腕始终悬在半空中。他望一眼手表，再望一眼窗外。然后再望一眼手表，接着又望一眼窗外，循环往复。这种循环直至时间来到下午一点时才中止。

林凯忧心忡忡地对我说道：“已经一点了。”

“别急，仪式虽然是一点开始。但永愿仪式会有很多个环节，最后还要戴戒指，只有正式戴上戒指才算真正礼成，我们只要在沈茹戴上戒指前赶到就行。”我劝慰道。

与此同时，在抚顺圣心修女会的主堂，永愿仪式正式开始。

在悠扬的钢琴伴奏声和唱诗班的唱咏声中，沈茹和另外四位修女一同步入教堂。

五位修女身着统一的黑色长袍，头戴黑头纱，脖子上挂着十字架项链，左胸前佩戴鲜花，神情肃穆地依次走到祭台前，面朝祭台对面的主礼一字排开，沈茹站在正中间。

聆听完主礼的讲道后，主礼正式开始向五位修女询问。

主礼：“诸位修女，你们已因着圣洗弃绝罪恶并献身于主。现在你们愿意藉着永愿更亲密地与天主结合吗？”

五位修女：“我们愿意。”

主礼：“依靠天主的恩宠，你们愿意永远度完全贞洁、服从、神贫的生活，如同基督与圣母曾选择过的生活吗？”

五位修女：“我们愿意。”

主礼：“你们愿意紧随福音的教训，并遵守修会的会规，恒心不懈地追求对天主及对人的完美爱德吗？”

五位修女：“我们愿意。”

主礼：“你们愿意在圣神的助佑下，为了服务天主的子民，慷慨地奉献一生吗？”

五位修女：“我们愿意。”

主礼：“你们愿意在独居及静默中，在不断祈祷及甘作补赎的生活中，以劳作及各种神业，全心全意事奉唯一天主吗？”

五位修女："我们愿意。"

主礼抬头对台下的众人说道："请大家起立，为即将发愿的这五位修女祈祷，祈求全能的天父，广施仁慈，沛赐恩宠，降福他所召叫的这几位修女，并坚定她们的决心。"

我和林凯乘坐的那辆出租车走走停停，路过一个电车站时，我看到不远处有一座教堂。屋顶上的十字架特别显眼，重要的是十字架上有耶稣的雕像，说明这是一座天主教教堂。

我想我们已经找到修女会了，连忙让司机停下来。没等车停稳，林凯拉开车门就朝那座教堂飞奔。

我匆忙付完车费后，紧跟着下了车。由于拖鞋的羁绊，林凯始终跑不快。情急之下，他干脆把拖鞋甩扔了，光着两只脚跑，一边跑还一边高喊着沈茹的名字。

林凯和我一前一后跑进那座教堂里。

永愿仪式已进行到个人诵读愿文环节，沈茹的愿文已经读到了尾声阶段。

沈茹："……在大家面前向全能的天主誓发贞洁、贫穷、服从圣愿，以终身为限，求童贞圣母玛利亚，诸位主保圣人圣女助我善守圣愿。阿门。"

林凯和我在教堂里只看到一个正在扫地的老大爷，林凯仿佛看到救星一样冲到老大爷面前。

“沈茹在哪？千万不能发那个愿，绝对不能。”林凯急得有些语无轮次，老大爷听得也是一脸茫然。

我连忙上前问老大爷：“大爷，这里是不是圣心修女会？”

“这里是天主教抚顺堂区的教堂。”

老大爷的回答让林凯和我死的心都有，然而他的下一句话又让我们“活”了过来。

“修女会在隔壁。”

林凯一转身如弩箭离弦般冲了出去。

永愿仪式已进行到最后一个环节，五位修女即将领受戒指。

祭台上摆放着五个打开的戒指盒，里面的戒指闪闪发亮。

主礼：“请领受这枚戒指，你们是永恒君王的净配，你们要一生对他忠贞不贰，好能蒙主恩准，参与永福的婚宴。”

五位修女：“阿门。”

一位老年修女缓缓走到主礼身旁，正式开始为五位修女佩戴戒指。轮到沈茹时，沈茹慢慢抬起戴着那块双鱼牌手表的左手，无名指微微上跷。

老年修女拿着戒指的手停留在半空中，并没有为沈茹戴上戒指，只是用和蔼的目光望着沈茹。沈茹愣了片刻才反应过来，戒指应该戴在右手的无名指上，连忙又抬起了自己的右手。

老年修女手上的那枚戒指已经到达沈茹右手无名指的指尖上

方，眼看就要触碰到指尖。沈茹右手的无名指突然下意识地蜷缩了起来，她迟疑了。

不过，沈茹马上就意识到这个举动非常不妥，迅速重新伸展开右手的无名指。

在那枚戒指即将套到手指上时，沈茹忽然听到外面好像有人喊她的名字，隐约感觉那个声音像是林凯的。沈茹一下子缩回了右手，兴奋地转过身来，侧耳辨寻外面的动静，却并未听到有声音传来。

这时，那位老年修女轻唤了一声沈茹的圣名。沈茹喟叹了一声，觉得自己刚才出现了幻听，无奈地摇了摇头，转过身去。

“对不起，会长。”沈茹轻声向那位老年修女说道。

沈茹再一次抬起了自己的右手，那枚戒指最终还是戴在了她右手的无名指上。

几乎在同时，林凯从外面冲进教堂。他声嘶力竭地喊着沈茹的名字，却因为动作过猛没留神脚下的台阶，一下子绊倒在门口。

沈茹猛然转身，愣住了。眼前的一幕让她感到难以置信，林凯真的来了。

林凯趴在地上仰起头冲沈茹喊道：“沈茹，你……你……不能啊。”

他累得上气不接下气，以至于话都说不完整。

沈茹不顾一切地冲到林凯面前，俯身将林凯搀扶起来。凝望着林凯的脸，沈茹百感交集，泪水在眼睛里打转，嘴唇不停翕动着，激动得一句话也说不出来。

林凯的胸膛剧烈地起伏着，大口大口地喘着粗气。他用双手紧紧地抓住沈茹的双臂，顾不上急促的呼吸断断续续地说道：“沈茹，你……你爸……当年……临终前……”

这时我也跑进教堂，见此情况，我简单调整了一下呼吸，赶紧在一旁补充道：“沈茹你不能发永愿，你爸当年临终前是希望你和林凯在一起的，是你妈叫我们来的。”我没有做任何停顿，一口气把话全都说了出来。

“对，你……你不能发永愿。”林凯插话道。

沈茹怔住了，一脸恻然。眼睛里噙着的泪水终于滚落下来，扬起右手怅然道：“可是，可是我已经戴上了这枚戒指。”

林凯望着沈茹右手无名指上的戒指，绝望地闭上了双眼，仰天长叹，两个眼角同时有泪水溢出。

我在一旁也不禁潸然泪下，哽咽着说道：“都怪我，把这件事瞒了整整一周，不然也不至于来晚。”

沈茹沉吟道：“不怪你，这是我的命。”

沈茹极力克制自己的情绪，但仍难掩失望之情。

第三十二章

斐理伯和默西亚

Chapter 32

从 2014 年 5 月开始，每次为特蕾莎修女做牧灵辅导时，当她讲述到林凯追到抚顺圣心修女会阻止沈茹发永愿这一段，我都会自动回忆起发生在 2014 年 4 月的 件事。

2014 年 4 月末的一天下午，正在抚顺圣心修女会开会的亚西修女突然给我打来电话，让我火速赶到抚顺。

亚西修女在电话里介绍说，抚顺堂区有一位圣名叫斐理伯的教友，很像我多年来一直寻找的那位保禄神父日记中的斐理伯。

抚顺的这位斐理伯，年轻时参加过抗日战争和解放战争。中华人民共和国成立后复员，1975 年以前一直生活在旅顺。现在已年近九旬，身患阿尔茨海默病（**注释**：一种起病隐匿的进行性发展的神经系统退行性疾病。临床上以记忆障碍、失语、失用、失认、视空间技能损害、执行功能障碍以及人格和行为改变等全面性痴呆表现为特征。65 岁以后发病者称老年性痴呆。）多年。最近病情加重，多次要求家属去抚顺堂区请神父到家里为他做临终傅油，还特别强调一定请旅大堂区的保禄神父为其傅油。

旅大堂区早已改名为大连堂区，保禄神父也早已不在人世。老人家的思维明显已相当混乱，却也能从中窥探出一些信息来。种种迹象表明，这个斐理伯的确很可能就是保禄神父日记上的那个斐理伯。

亚西修女偶然得知这件事情后，迅速将她了解到的情况告诉抚顺堂区的本堂神父。抚顺堂区经过一番研究后，最终认为应该由我来为斐理伯做临终傅油。

亚西修女给我带来了一个振奋人心的好消息，同时她在电话里也告诉我，老人家已油尽灯枯，时日不多，我动作要快。我早已热血沸腾，舍不得耽搁哪怕一秒钟时间，用最快的速度赶到火车站，由于事发突然，我必须临时决定路线。

和当年的林凯和杜娉婷一样，我最终确定的路线也是先去沈阳，再从沈阳到抚顺。不同的是，大连和沈阳之间已经开通了高铁，全程用时不超过两小时，而且车次众多。沈阳到抚顺这一段路程也要比 1995 年时快不少，我远比林凯和杜娉婷幸运。

更幸运的是，两段路都没有遇到意外情况。当晚七点一刻，我就和亚西修女赶到斐理伯的家里。

斐理伯的儿子见我们来了，连忙引领我们来到斐理伯的床前。斐理伯躺在床上喃喃自语，我和亚西修女都走到他跟前了，他也根本不予理会，只是自顾自地说一些我们听不懂的话。

“爸，保禄神父来了。”

斐理伯一听这话，立马来了精神，挣扎着要坐起来。

在我和亚西修女的协助下，斐理伯非常吃力地倚靠在他儿子的身上坐了起来。

他儿子指着我说道：“爸，这位就是保禄神父。”

“斐理伯你好。”我轻声说道，同时身体向斐理伯又靠近了一步。

斐理伯一把握住我的双手，用他那双混浊的小眼睛上下打量了我一番。

“你真的是保禄神父吗？”

“是的，我就是保禄神父。”我从容不迫道。

斐理伯那张像老树皮一样的脸一点点抽动起来，似有无尽的委屈要诉说。

“保禄神父，这么长时间你去哪了？怎么不管我了呀？”斐理伯带着哭腔埋怨道。

“我这不是来了吗？”我回答道。

斐理伯老泪纵横，像个小孩子一样呜呜地哭了起来。

我见状轻轻地将斐理伯的头揽到我的怀里。

“没事了，天主知道你是无心之过，你的战友也不会怪你的，你本来就是代表正义的一方。”我安抚道。

“在我扔出那颗手榴弹的一瞬间，不知从哪里飞来一块石头打在我的手腕上。那颗手榴弹没扔远，不但没能炸死那些可恶的小鬼子，反倒炸死了两位战友。我该怎么办？我不敢睡觉，只要一闭上眼我就能看到那两位战友的脸，我跟他们说，我真的不是故意的，他们根本不理我。保禄神父，你快救救我吧。”斐理伯哀求道。

此时，我已经能百分之百地确定眼前的斐理伯就是保禄神父日记上的那个斐理伯。我临时为斐理伯做了牧灵辅导，他的情绪慢慢平静下来后，紧接着我又按照常规流程为他做了傅油圣事。

两天后，斐理伯离开了人世。

与已经去世的多默和玛利亚一样，保禄神父日记里斐理伯的名字上也被我画上了十字架。

保禄神父日记里的那五个教友，只剩有严重同性恋倾向的伯多禄还未找到。我根据经验来猜测，无非有三种情况：

1. 伯多禄像斐理伯那样已不在大连生活。

2. 伯多禄像后来的安云英一样放弃了自己的信仰，和教会断绝了来往。

3. 伯多禄已经去世。

我祈祷千万别是后两种情况，期盼他能像斐理伯那样突然从天而降。我很欣慰自己能在斐理伯生命即将走到终点时，找到他并为他做了临终傅油。

只可惜这种欣慰没能持续多久，天主似乎是在有意考验我的心理承受力。给了我一个苹果，又迅速夺走原本属于我的桃子。

2014 年 5 月初的一天，我还沉浸在终于找到斐理伯的喜悦之中。那个令我头疼多年的默西亚却一反常态地主动来找我。

默西亚告诉我，他刚刚确诊得了脑胶质瘤，由于年事已高，只能采取保守治疗。虽然暂时还不会危及生命，但默西亚担心脑袋里的肿瘤逐渐变大后，会压迫到一些神经，自己有可能会失去正常人的思维意识，想趁他现在神志清醒的时候提前领受临终傅油。

默西亚特别要求我亲自来为他做临终傅油。我感到悲喜交加，默西亚终于在心里接纳我了，可他的人生却已能看到尽头。

我和默西亚约定好两天后的晚上，到他家里为他做临终傅油。

两天后的晚上八点，我和亚西修女如约而至。默西亚特意穿了一身老式的中山装，显得既正式又整洁。八十多岁的他看起来精神矍铄，如果不是事先知道内情，根本不会想到他是一个癌症患者。

默西亚一家热情地欢迎我和亚西修女的到来，宾主双方简单客套了一番后，傅油圣事随即开始。

在亚西修女的协助下，我很快为默西亚做完了临终傅油。

傅油结束后，默西亚邀请我和亚西修女到他家客厅里喝茶。我和亚西修女并排坐在沙发上，沙发前的茶几上摆放着各种茶道用具。默西亚和我俩隔着茶几对坐，亲自为我俩沏茶倒茶。我们边喝茶边聊天，气氛非常融洽。

我们三个人聊了一会儿，默西亚突然话锋一转，对我说道：“有些话，三十多年前我就和王神父说过，今天想最后再说一次。我真的不是王神父一直找的那个默西亚，据我所知，那位默西亚是咱们堂区的资深教友，五六十年代时就已经在堂区参加活动了。我呢，虽然入会很早，但原先一直在沈阳工作生活，直到1979年年底才因为工作调动来的大连，那会儿大连还叫旅大。所以说，我不可能是王神父一直找的那个默西亚。这一点，我以前当面和王神父说过，可王神父始终不相信，执拗地认定我就是那个默西亚。我慢慢发现，对待这个问题，王神父的执拗简直到了偏执的程度。这就是我这些年来，对王神父一直采用回避态度的原因。这些年来我怠慢王神父了，请王神父见谅，今天我特地麻烦王神父来为我傅油，也算是我对王神父的一种补偿吧。”

默默地听完默西亚的这一席话，我心情也随之坠入谷底。他说的合情合理，可我还是不愿意相信他不是保禄神父日记中的那个默西亚。手掌疼的老毛病又一次发作，这次的疼痛持续了很长时间，我都回到自己的卧室了，两个手掌心仍然疼痛不止。

我顾不得手上的疼痛，一进屋就马上从抽屉里找出保禄神父的那个日记本翻看起来。

我这次看的不是最后一篇日记，而是前面的一篇日记，里面记录了一件保禄神父和默西亚之间发生的事情。

这篇日记以前我曾看过无数遍，但我还要再看一遍。以期能从中找到证据，证明刚才领受临终傅油的默西亚就是保禄神父日记中的那个默西亚。

1958年6月15日

那伙人今天又来教堂了，这已经是他们这个星期来的第四趟了，无非还是想强迫我入会。和前天他们来时一样，我还是提前藏进副堂圣母像后面的小夹层里，让他们找不到我。

不过，这次出了点小状况。当我打开夹层的门时，意外地发现默西亚竟然躲在里面，他用怯生生的眼神看着我。此时，那伙人已经拉开了副堂的大铁门。

我没时间多想，立即钻进夹层里，好不容易才关上门。夹层里漆黑一片，拥挤不堪，我和默西亚像两个肉饼一样紧紧地贴在一起。在黑暗中，我用力挣脱出一只手，摸索着伸过去捂住默西亚的嘴巴，以免他忍受不了拥挤发出声音来。

我和默西亚在夹层里忍耐了约一刻钟，估摸那伙人差不多离开了才从夹层里出来。我问默西亚怎么知道有这个夹层，他向我坦白说，是我上一次匆匆忙忙往夹层里藏的时候，被躲在一边的他偶然看到了。

我叮嘱默西亚，对于圣母像后面有夹层这个秘密要守口如瓶，他不假思索地一口答应下来。

那伙人以后肯定还会再来，我总躲着也不是办法。我到底该怎么办？求万能的主指引我路。

重新读完这篇日记，我非但未能找到自己希望得到的那种证据，反倒进一步证实了一个事实，刚才领受临终傅油的默西亚，肯定不是保禄神父日记中的那个默西亚。理由是那个夹层空间非常狭小，我自己亲身在里面待过，那里只能容纳一个成年人，绝对不可能同时容纳两个成年人。

当年我和林凯之所以能同时藏在夹层里，是因为林凯那时还是个小孩子，挤一挤勉强能容得下。由此推断，1958 年时，和保禄神父一起藏在夹层里的那个默西亚，要么年纪不大，要么身材十分矮小，类似于侏儒人的那种身材。而刚才领受临终傅油的默西亚，在 1958 年时已经是一个风华正茂的大小伙子了，他的身材也没有任何异常。

虽然在心里我特别希望他就是保禄神父日记中的那个默西亚，但从现在的情况来看，连理论上的可能都不存在了。对于这一点，我失望至极，两个手掌也更疼了。

第三十三章

最后的心愿

Chapter 33

在回大连的路上，沈茹说的那句“不怪你，这是我的命。”反复萦绕在我耳边。我觉得自己是天下最大的罪人，却不知道该怎样弥补自己的过失。

回大连后在给沈茹写的第一封信里，我通篇都在反省自己的过错。沈茹的回信十分简短。

娉婷：

来信收悉。记得十年前看电视剧《上海滩》时，有这样一幕场景曾让我难过了许久，冯程程和丁力在教堂里举行婚礼，许文强飞奔至现场，却未能挽回自己的心上人，最终含泪离开。这和我发永愿时林凯追来的一幕何其相似，也许当年我在为许文强和冯程程之间那份有缘无分的爱情唏嘘不已时，就已经注定了自己后来的宿命。

婷婷，不要自责，也不要替我难过。和林凯好好过，你们一定要幸福。

沈茹

1995 年 6 月 17 日

沈茹的字里行间再次表达了宿命论的观点，也进一步加重了我的负罪感。我能感受到她的言不由衷，我们俩太熟了。我对她的一举一动所代表的含义、一颦一笑是否发自内心，凭直觉就能准确判断出来。同时，这也是沈茹写给我的最后一封信。

此后两年多，我虽然不再像以前那样频繁且有规律地给沈茹写信，但只要不忙，我就会给她写一封信寄去，沈茹却再未给我回过信。

我想沈茹在内心深处还是有一点怨恨我的。

从抚顺回来后林凯就一直闷闷不乐的，我们之间的关系仿佛一下子回到了前几年那种状态，林凯又开始对我冷淡起来。

尽管他没说过一句埋怨我的话，也没说过分手的话，可我心里清楚自己已经失去了做他女朋友的资格。

转机出现在 1996 年除夕那天晚上。

自从妈妈去世后，我就习惯了一个人过除夕。每年都是简单吃过几口饭后就早早地上床睡觉。那天晚上我已经铺好床准备睡觉了，林凯忽然来到我家，说他妈妈执意要请我过去一起吃年夜饭。

我不好拒绝老人家的盛情，遂和林凯一起来到他家里。这还是我第一次和林凯一起吃年夜饭，心里有点小小的激动。吃饭时，林凯只顾着低头吃饭，话一直不怎么多，这不免让我有些拘束。

林凯妈妈倒是十分热情，不时用她那颤抖的手给我夹菜。小芳姐去世后，林凯妈妈的身体就一直病殃殃的，1995 年年底又被查出得了帕金森综合征（**注释：**又名震颤麻痹，是一种常见的中老年人神经系统变性疾病。主要病变在黑质和纹状体。震颤、肌强直及运动减少是该病的主要临床特征）。即使静止不动头部也会震颤不止，双手也是哆哆嗦嗦的。

吃完饭后，我主动起身要收拾碗筷，却被林凯妈妈阻止了。

林凯妈妈面无表情地道："娉婷，让小凯弄吧。婶儿有话和你说。"

自从得了帕金森综合征后，林凯妈妈的面部表情就越来越僵硬，我只能从她郑重的语气上判断，她有重要的事和我讲。

于是，我搀扶着林凯妈妈坐到电视机前的椅子上。电视上正播放春节联欢晚会。林凯妈妈拉我在她身旁的椅子坐下来，等我坐好后，她缓缓地从上衣兜儿里掏出一个巴掌大小的红色锦盒来。然后颤颤巍巍地打开了锦盒，里面摆放着一对金手镯。手镯的样式十分老旧，看起来像个古董。

"这对镯子是从我姥姥那辈儿传下来的，现在婶儿把镯子传给你。”

林凯妈妈说着就把那对金手镯从锦盒里拿出来递给我，我被弄愣了，一时间不知所措，两只手不自觉地握在一起，并没有去接。

“拿着吧，娉婷。”

林凯妈妈又递近了一些，金手镯几乎要碰到我的手了，可我还是没有伸手去接。

林凯妈妈见状，干脆直接把那对金手镯摁到我手上。我没有思想准备，差点儿没拿稳，金手镯险些掉到地上。我手捧着金手镯不知如何是好，不由自主地用目光寻找林凯。可林凯正在厨房刷碗，我根本看不到他。

我面露难色，有些无奈地喊了一声：“婶儿……”

林凯妈妈轻轻地摆了摆手，示意她有话要说。

“婶儿没几天活头儿了，只剩小凯一个牵挂。你和小凯一起过日子，婶儿放心。”

说心里话，林凯妈妈和我说这番话，我心里挺高兴的。只是林凯的态度是个未知数，我不敢抱有太大的希望。正好这时林凯在厨房忙活完了，也来到电视机前。

我急忙向他扬了扬手中的金手镯。

“林凯，你看这……”

谁知林凯眼皮都没抬一下，脱口说道：“给你，你就拿着呗。”

我顿时心花怒放，林凯能这么说，充分证明他们娘儿俩事先已经达成了一致意见，并不是他妈妈的一厢情愿。

林凯一屁股坐到一旁的椅子上看电视了，一副事不关己的样子。对此我丝毫没有介意，脑海里自动回忆起这么多年来和林凯经历的种种过往。如今终于要修成正果，我不禁感慨万千。

我和林凯的婚礼在 1996 年 5 月 1 日举行。成为林凯的妻子，是自己从少女时代开始就梦寐以求的，而今终于实现了。

我心里明白林凯能同意和我结婚，有他妈妈身体不好、希望儿子早日成家这个因素在里面。但我觉得这都没关系，以后日子还很长，我有信心用自己的爱感化林凯的内心。

只不过在欣喜之余，对远在抚顺的沈茹，我心里还是有一丝愧疚。

林凯对待自己的校对工作始终兢兢业业，从没出过任何差错。不仅如此，他还经常写稿子发表在报纸上。他本人非常渴望有朝一日能转到编辑或者记者的岗位上去，却苦于没有靠山加上学历的限制，一直未能如愿。

不过，领导对林凯的能力还是非常认可的。很早就向林凯许诺过，只要林凯拿到大专文凭，就给他调岗。

早在 1995 年 7 月，林凯电大就已经正式毕业，取得了大专学历。不过，领导当初的承诺却迟迟未能兑现，这让林凯特别郁闷。

林凯这个人有心事不怎么爱向别人倾诉，即便是对我这个妻子也一样。他心烦的时候喜欢一个人闷在屋子里拉手风琴。

我曾几次主动提及此事，劝林凯应该对领导有所“表示”。林凯却认为送礼是旁门左道，每次都表现得不屑一顾，固执地坚持要靠自己的真本事调岗。对此，我也无可奈何。

我和林凯结婚后，彼此相敬如宾，小日子过得和和美美的。婆婆看在眼里，心里乐开了花。只是，这份喜悦并没有让她的身体有什么起色，反而呈现直线下滑的趋势。

到 1996 年国庆节时，婆婆连最简单的走路都相当吃力了。幸亏林凯的工作全是夜班，白天可以在家照顾婆婆，晚上自然由我来负责婆婆的起居。我们两口子在伺候婆婆的同时还可以坚持正常工作。

11 月上旬，我被查出怀孕了。林凯和我欣喜若狂，婆婆知道后更是喜极而泣。她激动地对我和林凯说，无论如何都要活到孙子或者孙女出生那一天，只要能看一眼孙子或者孙女，她就死而无憾了。

婆婆的话让我听着直掉眼泪，这个苦命的老人这辈子历尽坎坷，先后失去了自己的丈夫和两个女儿。现如今只剩下这一个小小的心愿作为精神寄托，自己无论如何都要帮她实现愿望。

我暗暗乞求老天爷，可怜可怜婆婆，看在她老人家几乎苦难一生的份儿上，让我平平安安、顺顺利利地生下肚子里的孩子。

那时，我断然不会想到，事情后来的发展竟是那么惨烈。

第三十四章

两个不同寻常的主日

Chapter 34

对于特蕾莎修女讲述的内容，十年来已听过无数次的我，差不多能倒背如流。重复听了那么多遍，我听着听着经常会走神儿，尤其是她讲到尾声阶段的时候。此刻，我的思维又不自觉地跳跃到别的事情上。

今年 1 月上旬的一个主日，又轮到我听弥撒前的告解。听完所有的告解后，按照惯例，我还要在告解亭等待一分钟。

我通常会利用这一分钟时间清空自己大脑里的各种杂念，以最佳的精神状态迎接将要进行的弥撒。

我的计时工具是念珠，念珠上有 59 颗珠子，用手捻一圈的时间几乎和一分钟相当。

那天，我刚刚捻了 4 颗珠子，隔断对面忽然有声音传来。

“因父，及子，及圣神之名。阿门。罪人求神父降福。”

这个声音来得特别突兀，把我吓了一跳。在这个声音之前，我并没有听到隔断对面有开关门的声音。

当然，也不排除我精神一直比较集中，对方开关门时声音又太轻这两个因素。不过，这些都是其次，关键是隔断对面那个人说话的声音对我来说，真的是久违了。

从 1997 年到 2017 年，尽管已经时隔二十年，可我还是一下子就能听出来，声音的发出者是撒乌耳，也就是林凯，他到底还是来了。

我："愿主启发你的心，使你能诚心忏悔，请诚实告明。"

"神父你好，我是林凯，圣名撒乌耳。我上次办告解是在 1997 年 9 月 21 日。对不起，神父，我当年骗了您。在 1997 年 7 月 13 日到 9 月 21 日那段时间，我一共找您办了六次告解。跟您讲了很多貌似匪夷所思的事情，故意造成了我自己精神错乱的假象。其实我非常清醒，我的目的就是要杀人。我知道您是一位乐于助人的神父，一定会帮我作证。果不其然，事情的发展正如我预料的那样，您的证言最终帮我逃脱了法律的制裁。真的非常对不起，神父，当年我说了那么多谎话，辜负了您的一番好意。"

虽然林凯告解的内容让我闻之愕然，但是直觉却告诉我有些不对劲儿，具体哪里不对劲儿，我一时说不上来。

我暂时没时间琢磨这个问题，眼下重要的是不能冷了场。我想立即劝勉林凯，嘴上却词穷了，不知道该说什么好。

就在我默默地思索着劝勉林凯的话语时，告解亭外传来了特蕾莎修女的声音。

“王神父，弥撒马上就要开始了。”

此时听到这句话，我十分烦躁，脑子顿时乱成一锅粥，两个手掌心又一次传来了剧痛。

我不得不忍痛随口说道：“罚你回去念十遍《悔罪经》。”

林凯：“好的，谢谢神父。”

我：“天上的慈父，因你圣子的死亡和复活，使世界与他和好，又恩赐圣神赦免罪过，愿他藉着教会的服务，宽恕你，赐予你平安。现在，我因父及子及圣神之名，赦免你的罪过。”

林凯：“阿门。”

我：“天主已经宽恕了你，平安回去吧！”

林凯：“感谢天主！”

我用最快的语速草草结束了林凯的这次告解，他离开的时候，我特意侧耳倾听了一下，还是没听到隔断对面有开关门的声音。

这令我十分不解，从告解亭出来后，我还专门过去望了一眼，对面隔断里空空如也。

林凯的突然现身扰乱了我的心智。主祭弥撒的时候，我的目光有意无意地在台下的教友中间巡视。我心里明白，这是在寻找林凯的身影，却必定徒劳无功。

我除了在林凯小时候见过他之外，并没见过他长大后的模样，即使他真的在人群中我也不可能认出来。可是，这个主日注定是不同寻常的。

当我的目光飘移到台下最后一排座位时，意外看到了一个头发花白的小老头儿站在门口正中间的位置上。他的身高可能还不到一米，应该属于侏儒症患者。有三个字从脑海里闪过：默西亚。

小老头儿静静地站在那里望着台上的一举一动，我的全部注意力都被他吸引了过去。以前从未见过这个人，他到底是不是默西亚呢？

教友们排队领圣体时，我特别注意到小老头儿没有参加。他就那么一动不动地站在那里，仿佛一座雕像一样。

弥撒结束后，我急不可待地往台下跑，同时双眼一刻不离地紧盯着那个小老头儿。小老头儿明明看到我朝他的方向跑过去，却一闪身溜到门外去了。

等我赶到门口时，已不见他的踪影。小老头儿的举动十分可疑，其中必有蹊跷。特蕾莎修女也追出来向我询问情况，我随口搪塞了几句后，回到办公室自己的座位上坐下来。心里面却久久平静不下来，林凯和那个小老头儿让我所有的脑细胞都开始活跃起来，掌痛虽然仍在继续，却没有干扰到我的思路，我逐渐理清了各种纷繁复杂的头绪。

先说林凯，他说他当年骗了我。起初我不太相信，倒不是我不愿意相信，而是我曾经亲自用繇草香试过他说的话，证实他并没有说谎。后来我想明白了这个问题，林凯本身知道繇草香的秘密，他完全可以有意识地主动控制自己的右脚脚跟不踮起。再联想起当年我在他家里发现那个装着各种信件和日记本的大纸壳箱时，纸壳箱是敞着口的，像是故意放在那里等着人看。

林凯当年很用心地设了一个局，既杀了杜娉婷，他自己又免于接受法律的惩罚，我确实被他利用了。

不过，林凯的这次告解存在一些反常的地方。他进入和离开告解亭时，我没有听到开关门的声音只是其一。还有一点也很奇怪，林凯的声音和二十年前相比没有任何变化，这是解释不通的。他出生于 1968 年，到 2017 年已年近五旬，声音是不可能没有一点变化的。

再说一说那个小老头儿，直觉告诉我他就是默西亚。因为在这个问题上有过前车之鉴，我还不敢轻易下这个结论。

我曾认真反思过自己这些年来为寻找保禄神父日记上那五个人出现的偏差，我的问题主要在于太过迫切，急于早日完成保禄神父的夙愿。有时明明知道对方不是自己要找的人，却不愿意或者说不敢面对现实，走了不少弯路，这一点在寻找默西亚的过程中体现得尤为明显。

还有就是我过于追求完美，给自己的压力太大，这样往往会适得其反。我已经是 67 岁的老人了，人上了年纪后，很多事自然就看开了，不再笃信直觉，更注重用事实说话。所以，那个小老头儿到底是不是默西亚有待我做进一步深入调查。

生活有时候像一个残酷的魔术师，不仅故意让我们的预料落空，还会带给我们其他想象不到的意外情况。半年后，另一个不同寻常的主日不期而至，彻底将我置身于层层迷雾之中。

那天前来办告解的教友不多，离弥撒正式开始还有半个多小时，我就听完了所有的告解。我坐在告解亭里捻着念珠，几乎在我正好捻完一圈念珠的同时，隔断对面响起了说话的声音。

“因父，及子，及圣神之名。阿门。罪人求神父降福。”

我一听便知在隔断对面说话的人是林凯，让我有些诧异的是，和上次一样，林凯说话之前，我没听到隔断对面有开关门的声音。

我：“愿主启发你的心，使你能诚心忏悔，请诚实告明。”

“神父你好，我是林凯，圣名撒乌耳。我上次办告解是在1997年9月21日。非常感谢您，当年要不是您救了我，我可能早就不在这个世界上了。尽管当时我是属于无意识杀人，但这些年来，我无时无刻不在自责。经常会有自杀赎罪的想法，可一想到您，我就会打消这个念头。最近这段时间，自杀赎罪的想法越来越强烈，甚至连想到您都不管用了。我知道天主教徒是不可以自杀的，也不该有自杀的想法，我该怎么办？”

林凯这次告解的内容，我听得云山雾罩的。他这次的说法和上一次告解时的说法存在不少矛盾的地方，而且显而易见的是，林凯并不记得他在1月的时候办过告解。

我严重怀疑他此时的精神是否正常，也许当年的治疗并不彻底，也可能当时是治好后来又复发了。但不管怎样，如果他精神不正常的话，我现在说什么都是无用功。

但我又不能在告解亭里直接说他精神不正常，更不可能简单地根据他告解的内容就事论事，那样完全是在敷衍，是不负责任的行为。

那我又该如何劝勉他呢？就在我犹豫不决之际，告解亭外又传来了特蕾莎修女的声音。

“王神父，王神父。”

她的声音很急促，完全是催促的语气。这让我非常恼火，两个手掌心不知不觉中又开始疼了起来。

神父在听告解的时候是不能受到任何干扰的，哪怕是有天大的事情也要等神父听完告解后走出告解亭再说。特蕾莎修女明明知道这一点，却好几次在我听告解时在外面喊我。况且这一次离弥撒正式开始还有一段时间，我不理解特蕾莎修女能有什么要紧的事情找我。

我没理会特蕾莎修女，心烦意乱地对林凯说：“你并没有领过洗，不算真正的天主教徒，是不可以办告解的。”

“也就是说，我不是天主教徒，是可以自杀的对吗？”林凯兴奋地接过话茬儿。

我没料到林凯会这样理解我的话，不禁出离愤怒，歇斯底里地朝隔断对面咆哮道：“你不能自杀，听到了吗？不能！”

话一脱口，我马上意识到自己的失态是多么的不应该，可是已经晚了。从外面传来了一阵骚动声，这次不仅是特蕾莎修女，亚西修女和刘神父也一起在外面询问我的情况。

我平复了一下情绪，轻声对外面说道："我没事，快结束了。"

然后，我朝隔断对面语重心长地说道："人是由天主所造，我们每个人都不是自己生命的主宰，正所谓人命关天。自己结束生命是夺天主所操生命之权，是不可以的。另外，如果你以后还想来办告解，就先去领洗，让自己成为真正的天主教徒，否则你不可以再进告解亭。"

隔断对面的林凯沉默了片刻才回应道："我明白了，谢谢您，神父。"

"走吧，好好活着。"我淡淡地说道。

"神父请放心，我会的。再见，神父。"

林凯随即离开了告解亭，这次我好像听到了隔断对面有开关门的声音。我有一种如释重负的感觉，只是两个手掌越来越疼了。

一分钟后，我缓缓走出告解亭，两条腿像灌铅一样沉重。刘神父和两位修女迎上来关切地询问我的情况。

我满不在乎地说道："不碍事，就是岁数大了，稍坐时间长了腿就不怎么听使唤。看来人不服老不行啊！呵呵。"

刘神父和两位修女的脸上仍是严峻的表情，刘神父主动提出要替我主祭弥撒，被我婉言谢绝了。

在主祭弥撒的初始阶段，我的精神还是非常集中的，直到那个小老头儿再一次出现在我的视野时。他还是在站在门口正中间的位置上，一头白发格外醒目。

和上次一样，他没有参与领圣体，也没有任何和上次不同的举动，就静静地站在那里看着弥撒的进行。

弥撒结束的那一刻，我跑步冲到台下，直奔那个小老头儿而去。小老头儿依然是快步闪身溜到门外去。

不过，我这次的速度比上次快得多。等我赶到门口时，小老头儿正在前方不远处。他回头看了我一眼，加快了脚步，朝副堂跑去。

我紧追不舍，边追边喊："请等一下。"

小老头儿对我的话置若罔闻，径直跑进副堂里。

我已经跑不动了，浑身上下疲惫至极，弯着腰双手捂住两个膝盖累得气喘吁吁的。

这时刘神父和两位修女也一同跑了过来。

"出什么事了，王神父？"亚西修女问道。

"有个……有个奇怪的小矮人，跑进副堂了。你们……你们快去追。"我断断续续地说道。

副堂一共三层，我堵住大门口，刘神父和两位修女各负责一层楼。奇怪的是，刘神父他们三个人找遍了各楼层的每一个角落都没发现有人。

按理说这是不可能的，我是亲眼看见那个小老头儿跑进副堂的，难不成他还能人间蒸发了？

稍加思索，我便想到了一个可以藏身的地方。

于是，我们四个人一起来到二楼缓步台。面对着圣母像，我屏住呼吸，抬起右脚对准画像里的蛇头快速踢了两下，那个夹层旋即暴露了出来。

然而出乎我意料的是里面是空的，并没有发现那个小老头儿的身影。

我绞尽脑汁也没有想出那个小老头儿到底是怎么跑掉的，不仅如此，我还发现了另一个问题。

那个小老头儿一共出现了两次，都是在林凯来办告解的时候，这仅仅是巧合吗？我感觉不像，他俩似乎存在着某种不为人知的联系。倘若林凯以后不再来办告解了，那个小老头儿是否就不会再出现了呢？

真是那样的话，我就永远无法获知真相了，找到默西亚的希望就更渺茫了。

第三十五章

明天、明无

Chapter 35

几乎整个孕期我都是在提心吊胆中度过的，既担心肚子里的孩子有意外，又怕婆婆的病情恶化。万幸的是，几次产检都没有发现异常，婆婆的病情也还算平稳。

我的预产期是 1997 年 7 月 6 日，一天天掰着手指头数日子，眼瞅着 6 月过去正好一半了，形势却突然急转直下。我最害怕的事情还是发生了，婆婆倒下了。

虽然经过抢救婆婆暂时脱离了生命危险，但大夫明确告之，婆婆剩下的时间不多了，随时都有生命危险，需要一直住院观察。

为了不让林凯家里、医院两头跑，我托宋卫强的关系提前住进了医院产科病房。离预产期还差半个多月，假如婆婆在这期间过世，就将无法看到自己的孙子或者孙女，老人家最后的心愿也将落空。

我不希望婆婆带着遗憾离开人世，遂直接向负责我的主治医生周晓芳大夫提出了提前剖腹生产的请求。

可是天不遂人愿，实际检查时发现，我肚子里的宝宝要比实际孕周小两周。加上本来离预产期还有半个多月，周大夫不建议我提前剖腹产，拒绝了我的请求。

林凯劝我别着急，耐心等着预产期到来自然瓜熟蒂落。可我怎么可能不着急呢？尤其是住进产科病房后，看到其他床位如走马灯似的不停换人，更加剧了我急迫的心情。

我只要没事，就去婆婆的病房帮忙照顾她老人家。婆婆时而清醒时而糊涂，她清醒的时候始终惦记着我腹中的宝宝，总会用她那干枯且颤抖不止的手放在我的肚子上。嘴里反复地嘟囔着同一句话，说她不愿意拖累我和林凯，只想看一眼孩子就走。每次听她说这句话时，我都会热泪盈眶，心如刀绞。

仅仅过去了一个星期，医院就对婆婆下达了两次病危通知书，所幸都抢救过来了。

在这一个星期里，我又两次向周大夫提出提前做剖腹产的请求，都被周大夫和林凯劝阻了。

婆婆清醒的时间逐渐减少，我知道这是不好的信号，恨不得马上把宝宝从肚子里拿出来送到婆婆眼前，让她老人家好好看个够。

6 月 28 日一大早，林凯刚喂婆婆喝了两口稀饭，婆婆就晕厥了过去，经过一番紧张地抢救，婆婆才转危为安。

我再也无法忍受这种精神上的折磨，郑重地告诉林凯，自己必须马上做剖腹产手术。这次林凯沉默了，这是一种默许，反正我就是这样理解的。

随后，我径直来到周大夫的办公室，向其宣布了这个决定。孰料，周大夫却依然不同意。

“周大夫，我是来通知你的，不是在征求你的意见。”我态度决绝地说道。

“可以理解你的心情，但我必须对你和你肚子里的胎儿负责。你的多项指标都不适合提前做剖腹产手术。”周大夫心平气和地说道。

我大声嚷了起来：“你不同意，我就去找你们领导。”

我转身走了，出了周大夫的办公室，我来到产科主任的办公室。一番唇枪舌剑后，产科主任被我逼急了，告诉我一件事。早在我住进产科病房的第二天，已经升任院长助理的宋卫强，在仔细看过我的各项检查结果后，提前跟产科打过招呼。在我预产期之前，不能为我做剖腹产手术，除非他亲自下命令。

我总算找到了问题的症结所在，不禁火冒三丈。于是，我又气势汹汹地来到了宋卫强的办公室，没看到他的人影，一打听才得知他去北京开会了，要一个多星期后才能回来。

我又气又急，连续向宋卫强的BP机上发了十几条信息，可他始终没有回应。很显然，宋卫强采取了回避的态度。这让我连据理力争的机会都没有，我最终还是没能得到自己想要的结果，不得不无奈地面对现实，继续苦苦等待预产期的到来。

白天的时候，因为还要照顾婆婆可以分散一部分注意力。晚上回产科病房睡觉就完全是一种煎熬了。

病房里几乎每天晚上都有那种马上要生产的产妇，痛苦的号叫声、各种仪器的轰鸣声、陪护家属和大夫护士说话的声音，各种声音在房间里此起彼伏。不仅根本无法入眠，还进一步加剧了我的焦躁情绪。

我感觉自己就像暴露在空气中的甲烷，浓度在不断增大，只要碰到一点火星就会爆炸。

我就是在这样的环境和心境下，捱过了一个又一个漫漫长夜，捱到了 7 月的到来。

7 月的第一个早晨，刚下夜班不长时间的林凯突然接到报社打来的传呼，让他马上回报社一趟。这一去便久久未归，我隐隐感到有些不安。

报社考虑到林凯的实际困难，早在半个月前就已经决定让林凯工作到 6 月结束，然后休三个月的长假用来专心照顾家庭。长假这才刚刚开始就被叫了回去，我有一种不好的预感。

中午的时候，婆婆病房里的一位病友家属从外面带回来一份当天的报纸，恰好是林凯工作的报社出版的报纸。

那位家属翻看完报纸后将报纸叠好，随手放在床边的凳子上。在一次给婆婆倒水的过程中，我无意中瞥了一眼那张报纸，报纸的正面朝上，由于对折了一下，我只能看到报纸头版的上半部分，头版正好是林凯负责校对的版面。

仅仅是漫不经心地看了一眼，我就发现报纸有问题。我希望是自己看错了，又走过去拿起报纸定睛仔细看了好几遍，最终确认自己没看错。

报纸头版的上半部分只有一篇文章，大标题是《香港的明无更美好》。大标题用的是大号黑字体，那个“无”字特别刺眼，明显是一个错别字，正确的标题应该是《香港的明天更美好》。

我终于明白林凯为什么一大早就被叫到报社又迟迟没有回来了。在香港回归这么重要的日子出现这么严重的错误，绝对会被定性为重大事故，有关部门一定会上升到政治层面来处理这件事。林凯的职业生涯必将遭受巨大的影响。

我不清楚这个错误具体是怎么产生的，只知道这段时间林凯心理压力很大，无论是精神上还是体力上都严重透支，这让我十分心疼。我不奢求他在工作上做出多大的成绩，只希望他别因为这件事生气上火，影响到身体健康。

临近天黑的时候，林凯回来了。从他阴云密布的脸上，我就能感受到他承受了多么大的痛苦。我特别想给他一个紧紧的拥抱，但碍于自己凸起的肚子只能在心里默默地安慰他。

林凯对报纸上的错误只字不提，他一贯如此，对我和婆婆从来都是只报喜不报忧，我只好佯装什么都不知道。

夜里，婆婆又一次不省人事。这次抢救的时间较前几次要长得多，好在最后的结果还不错，又一次将婆婆从死神那里拉了回来。在病魔面前，婆婆表现出了顽强的生命力，在没有见到自己的孙子或者孙女之前，她无论如何都咽不下生命中的最后一口气。

不过，婆婆的状况要比之前糟糕得多，她已经失去了自主呼吸的功能，只能靠呼吸机勉强维持生命。她的手臂已经无法正常抬起，不能把手放到我的肚子上和我肚子里的宝宝近距离接触了。

第二天，林凯以马上要到预产期为由让我专心待在产科病房里，不用我过去帮他照顾婆婆。我对婆婆那边虽然放心不下，但林凯说的也有道理，我只好老老实实地待在产科病房里。

我也没闲着，利用这难得的空闲时间给沈茹写了一封信，在信里详细地记录了近来发生的一切。正好中午的时候，二姐到医院来看我，我拜托二姐帮忙把信寄走。我那时根本不可能想到，这封信将是自己写给沈茹的最后一封信。

下午快到两点的时候，我见红了，同时还伴有阵痛的感觉，这是宝宝要提前出世的征兆。我高兴坏了，觉得自己的诚心和婆婆的坚强终于感动了老天爷，让肚子的宝宝提前出来和奶奶相见。然而，内检结果却显示我的宫口未开。

周大夫劝慰我别着急，只要阵痛规律后宫口开到三指，就安排我进待产室。

我的阵痛始终不规律，对此我焦急万分，多次找周大夫做内检查看宫口情况。周大夫和林凯不断安慰我别着急，周大夫还建议我多走动。为了让肚子里的宝宝快点出生，7 月 3 日一吃完早饭，我就开始爬楼梯。

我从医院的一楼爬到十楼，然后从十楼坐电梯下到一楼，再从一楼爬到十楼，周而复始，反复循环。最后累得脚踩在地上像踩在棉花上一样，两条腿没有一点知觉。

可一想到婆婆，我还是选择咬牙坚持。

很奇怪，爬楼梯时阵痛还能规律点，一停下来就又不规律了。我觉得自己快要崩溃了，在反复的爬楼梯和望眼欲穿的等待中，7 月 3 日就这么过去了。

宝宝似乎还没有要出来的意思，唯一的安慰是阵痛的强度要比前一天强一些。

7 月 4 日早上，护士在给我做例行的胎心监测时，发现了异常情况。我肚子里每分钟的胎心音高达 175 次，这说明宫内缺氧。周大夫得知情况后果断决定马上为我做剖腹产手术，可是那个产科主任却执意要先请示远在北京的宋卫强后再做决定。

周大夫和产科主任为此起了激烈的争执，宝贵的时间就这样浪费了将近十分钟。二人争执的最终结果是周大夫坚持“先斩后奏”，把产科主任甩在一边，安排护士以最快的速度推我进分娩室，由周大夫亲自为我做了剖腹产手术。

然而，一切都太迟了，宝宝从我肚子里出来的时候，已经没有了呼吸。我没来得及悲伤，就在一阵剧烈的咳嗽中失去了意识，并且再未醒来。

很不幸，我被羊水栓塞（**注释：**指在分娩过程中羊水突然进入母体血液循环引起急性肺栓塞。）夺去了生命。

第三十六章

我是谁？

Chapter 36

我一直默默地听着特蕾莎修女的讲述，直到她讲的话里出现不合常理的地方才插话道："你自己说的，你在 1997 年 7 月 4 日因为生孩子被羊水栓塞夺去了生命，那现在坐在这里的你又是谁呢？"

这个问题一下子就把特蕾莎修女给问住了，她张着嘴巴呆滞在那里。

我进一步说道："很多时候，人最不愿意正视的是自己，最难正视的也是自己。为了逃避现实，常常会出现角色错位的情况。具体来说，分为三种情况：第一种，幻想自己就是自己希望成为的那个人。第二种，把自己的经历幻想成别人的。第三种，前两种的综合体。"

在我循序渐进地启发下，特蕾莎修女的眼神慢慢地不再空洞，仿佛从沉睡中醒来一样。

“我正是第一种情况，我最希望的角色是林凯的妻子，所以在潜意识里经常产生自己就是杜娉婷的错觉。林凯则属于第二种情况，他在短时间之内连续经历丧子、丧妻、丧母的打击后精神失常，总将他自己置身于旁观者的角色。我猜测他的精神失常应该属于间歇性的，在清醒的时候，他还是会被突然失去三位至亲的那种痛苦所笼罩，不然他后来也不会自杀。”特蕾莎修女哽咽道。

我登时从椅子上弹了起来惊呼道：“林凯后来自杀了？什么时候发生的事情？”

我的两个掌心又开始疼了起来，而且来势凶猛，我不得不用紧握拳头的方式来抵御疼痛的侵袭。

“1997 年 9 月 25 日晚上，林凯在家中自杀。”特蕾莎修女痛惜道。

我被这个消息惊呆了，好半天没缓过神儿来。

“其实，王神父你自己就是你刚才说的第三种情况。你可以仔细琢磨一下我说的对不对。”特蕾莎修女轻声说道。

我彻底沉默了，两个手掌心的疼痛感一点一点减轻，最后消失得无影无踪。与此同时，巨大的失落感涌上了我的心头。

我伤感道：“你说的没错。”

特蕾莎修女：“那么，你是谁？”

我轻叹了一声，缓缓说道：“我既不是圣父，也不是圣子，更不是圣神，我就是我自己。”

这句话刚说完，我颇为无奈地摇了摇头，咧了咧嘴苦笑了一下。

随后，我和特蕾莎修女一起背诵了《圣三光荣经》：“愿光荣归于父、及子、及圣神；起初如何，今日亦然，直到永远。阿门。”

牧灵辅导进行到这一步，也正式宣告结束。

尾声

牧灵辅导虽然结束了，但是失落的情绪短时间之内很难从心头消散。

我回到自己的卧室，找出保禄神父的那个日记本。再一次翻到最后一篇日记，目光久久地停留在最后一段文字上：

5. 默西亚，总幻想自己是主耶稣，觉得自己可以拯救所有人，一旦发现不能如愿，就会把事情妄想成自己希望的局面。

后记

很少为自己的书写后记，盖因无话可说。但这本书是个例外，小说虽然写完了，却仍有诸多未尽之言。

《撒乌耳亡》从构思到最后完成用了整整三年。在这三年时间里，我身边发生了太多变故，以至于小说最终呈现出来的文本和最初的构想相去甚远。有时候，人生就是这样令人难以预料。如今回头看，也许是好事，让我能有充分的时间来沉淀这部小说。

随着年龄的增长，我渐渐发现自己越来越爱回忆往昔。童年和少年时期的那些记忆宛如昨日，却再难重逢。自己唯有借助写作的力量穿越回上世纪八九十年代。在《撒乌耳亡》的写作过程中，我仿佛又回到了曾经生活了22年的南昌街62号，又回到了山呼海啸的大连市人民体育场，又回到了还未改名的斯大林广场。那些只存在于记忆深处的一幕幕画面再一次生动地浮现出来，几乎让我真的回到了那个难忘的年代。从这个意义上讲，我的写作有时候是非常自私的，首先满足的是我个人的情感需求。

很多人说我是悲剧作家，细细琢磨似乎不无道理。从开始写作小说至今，无论篇幅长短，几乎都是悲剧结尾。在创作《撒乌耳亡》的时候，我也曾尝试着让小说的基调轻松一些，甚至想过给小说设定一个不那么伤感的结局。但是，我的尝试最终还是失败了，现在呈现在大家面前的《撒乌耳亡》依然是一个悲情故事。在写完小说最后一个字的同时，我也想明白了一件事，写作还是要尊崇自己的内心，只有从作者内心自然流露出来的情感才最能打动人心。

另外，要澄清一个可能出现的误会，我本人并不是天主教徒，对于天主教的认识仅限于比较认同天主教与人为善、乐于助人的处世态度。也非常感谢天主教大连堂区，特别是弥格修女对这本书的支持和帮助。

辛酉

2018 年 8 月